Le syndrome des cœurs brisés

Salomé Baudino

Le syndrome des cœurs brisés

Éditions de L'Observatoire

ISBN : 979-10-329-0989-8
Dépôt légal : 2021, mars

170 *bis*, boulevard du Montparnasse, 75014 Paris

« Les fervents du cœur brisé sont priés
de s'adresser ailleurs. »

Romain Gary

Pour Babouchka

Prologue

1

Il faut huit minutes et vingt secondes au Soleil pour que sa lumière touche la Terre. Trois secondes pour qu'une connexion téléphonique s'établisse. Comptez traditionnellement entre huit à treize minutes pour que les pâtes que vous venez d'immerger dans l'eau bouillante parviennent à la souplesse du bon vouloir de votre palais. Deux heures pour digérer une mauvaise nouvelle. Sept minutes pour se brosser les dents. Une heure de marche pour se rendre du boulevard des Filles-du-Calvaire aux Champs-Élysées. Deux minutes et cinquante et une secondes du discours de Colin Powell pour justifier une déclaration de guerre de l'Amérique. Cinq minutes en moyenne pour atteindre l'orgasme. Douze, si accompagné. Il conviendra de deux ou trois déjeuners pour faire d'un collègue un camarade. Puis de trois heures d'un échange ininterrompu un ami. Enlevez une heure à cela si vous êtes alcoolisé. Il prendra cinq minutes pour se fâcher avec sa mère. Trois pour regagner son cœur, mais cela si vous êtes adroit (quoique pour les moins de trois ans il n'en faille qu'une).

Pour tomber amoureux en revanche, ne rien comptabiliser. Tomber amoureux, c'est n'avoir pas vu que le temps s'arrête.

Ainsi, il ne fallut pas plus de dix minutes après l'arrivée de Lola pour que Victor la remarque. Deux pour parvenir à se frayer un chemin jusqu'à elle. Une pour l'interrompre à un moment raisonnable de sa conversation.

À la seconde où Victor posa ses yeux sur Lola - en réalité il s'agissait d'une milliseconde : d'une virgule six, virgule six, virgule six, virgule six, virgule six, virgule sept e-cinq de minutes -, une vérité absolue avait fait abstraction de tous les décomptes de la planète sur laquelle il avait les pieds posés.

Pour une fois dans sa vie, il avait été à l'heure.

2

Bien qu'il réussît à maximiser la surface de chacun de ses mètres carrés, Victor vivait dans un minuscule appartement. À l'arrivée de Lola, l'installation n'avait pas été facile. Il avait été ardu pour elle de ranger ses habits dans les placards de la cuisine. Ceux-là abritaient respectivement une poêle, une casserole, deux sets de couverts, deux verres à vin, une tasse, l'autre avait été cassée, et tous les caleçons de Victor qui ne rentraient pas dans le placard à balais. Il avait toujours vécu seul mais il aimait avoir les instruments d'une vie de couple. Tous deux étaient de francs débutants dans l'art de la vie conjugale, mais - et cela n'était pas donné à tout le monde - ils étaient doués pour se rendre la vie simple.

Lola s'était trouvé un coin dans lequel elle avait installé une petite tour à tiroirs pour y ranger ses classeurs, et si le couple escaladait souvent le sol, ils avaient fini par s'y trouver heureux.

On ne savait pas dire si Victor et Lola étaient ensemble depuis *longtemps*. Leur amour semblait vivre une vie indépendante d'eux, comme épargné par l'énergie de l'effort. Ils se retrouvaient le matin, puis le soir, et leurs vies individuelles avaient fusionné en une existence propre, qui fit qu'un *bonjour* de lui émanait d'elle, qu'un sourire produit par l'un se dessinait sur le visage de l'autre, que le menu d'un déjeuner se confondait souvent dans le quotidien opposé, sans que plus personne n'en soit étonné. Ils semblaient exemptés de la lassitude, ne connaissaient pas la jalousie, n'avaient poussé qu'une seule fois le son d'une plainte, et cela parce qu'en trébuchant sur les classeurs de Lola, Victor avait renversé du lait sur son clavier.

3

Victor, qui avait laissé s'échapper sa chance d'enseigner la musique dans une classe de collège (il avait jugé cela *déprimant*), avait entrepris de monter un collectif d'élèves particuliers de tous niveaux, afin de décomplexer les uns et de développer les capacités d'*écoute et de partage* des autres. Il avait pour le moment réussi à sensibiliser deux couples de parents à son projet. Le premier, ébranlé par l'absence absolue de talent de leur fils pour le piano, s'acharnait tout de même pour la cinquième année consécutive (il avait neuf ans). Le second, désespéré devant l'égoïsme spectaculaire de leur fille (sept ans, insensible enfant à l'oreille absolue), y avait inscrit la leur, punie de Conservatoire. Victor n'était pas déçu de la façon avec laquelle les choses avaient tourné pour lui. Quand ils le croisaient, ses anciens camarades étaient toujours surpris par son activité, qu'ils confondaient aussitôt, et quasi de concert, avec une lubie socialiste, tant et si bien qu'en rencontrant d'autres anciens, ils racontaient : « Oh, et dis, j'suis tombé sur Victor, il fait d'la politique. »

Il s'était découvert tôt une appétence pour la musique, et il avait connu, c'est vrai, quelques périodes de créativité assez prospère. Comme au collège, où, caché derrière les préfabriqués pour fumer, il parachevait un opéra rock à consonance gothique dont il aurait volontiers fait le spectacle s'il n'avait pas été collé par la CPE. Et ainsi meurent certaines vocations : dans un carnet de correspondance.

Heureusement, les parents de Victor s'étaient enthousiasmés du don de leur fils. En école de musique, Victor était un cheval de course raisonnable. Il rassemblait les qualités d'un avenir prometteur (originalité, inventivité, discipline), tuées successivement par le mépris de la concurrence, un certain poil dans la main et une aversion au jetlag (non, Victor n'était vraiment pas une bête de concours international).

Il avait bien essayé de vivre de son talent – il s'était promis de ne pas avoir à dépendre des autres quand il comprit que soixante-quinze pour cent de sa promotion deviendrait inexorablement professeur de flûte – mais il avait dû admettre qu'il avait perdu le petit supplément que son âme lui avait un jour octroyé.

De telle sorte que, les mains en araignée, Victor passait sa vie à faire répéter le mi ré mi ré mi si ré do la de Beethoven à ses élèves.

4

Le cours tranquille des choses, ce rythme, plaisait à Lola. Doctorante en philosophie, elle occupait ses jours à rédiger sa thèse sans en avoir trouvé la problématique, et donnait des cours d'algèbre à des lycéens désabusés, puisque l'espoir s'était perdu dès lors qu'il avait fallu ajouter un y à un x. Par ailleurs, quelque chose de plus mystique se tramait en elle. Lola s'était persuadée que si elle réussissait à rendre sa thèse dans les temps, la rémission du cancer de son père serait définitive et qu'il ne rechuterait pas. Il était trop tard pour faire marche arrière. Cette incantation avait pris place en elle (et malgré elle). Aussi, elle ouvrait chaque fois le clapet de son ordinateur avec la même appréhension que si elle débutait une opération à cœur ouvert. Elle avait souvent l'impression que le temps lui manquait. Et cela la stressait. Mais elle était face à elle-même pour équilibrer son thermomètre personnel.

Pour l'heure, elle ne s'inquiétait pas pour Victor. Il continuait à vilipender les parents laxistes, les ongles mal coupés, les leçons non apprises. Le déplacement de ses ambitions n'avait pas entaché ses convictions. Un jeune homme triste est un rebelle qui doute. Mais l'espoir était son premier acte politique. Et Victor savait qu'ils seraient heureux.

Cet état d'esprit était sa tapisserie intérieure quotidienne.

5

Victor et Lola donc, n'avaient pas eu besoin d'*apprendre* à se connaître. Ils se connaissaient déjà, ou plutôt, ils s'étaient reconnus. Ils avaient tout de même fait acte des défauts de l'un de l'autre, au hasard d'un soupir, d'un regard, d'une note un peu trop haute. Pourquoi dépendre de l'énergie de la conquête lorsque l'on s'aime sans avoir à se surprendre ? Ils avaient conscience de leur luxe. Ils s'aimaient par défaut. Ils y avaient été conditionnés par l'on ne sait quelle félicité. Ils se rendaient heureux par accident.

Mais par accident encore, il arrivait qu'ils continuent à s'apprendre.

Première partie

1

Victor était assis dans le canapé, devant la télévision, comme chaque fois que Lola s'apprêtait à passer la porte de leur appartement. Il est vrai que cette machine était toujours allumée, mais il prenait, d'habitude, le temps de mettre la table, d'allumer une bougie, de laisser une odeur de cuisson flotter (il aimait mettre en scène son attente). Elle, se réjouissait d'imaginer que sa présence avait précédé son arrivée.

Pourtant, quand Lola retrouva Victor ce soir-là, il ne bougea pas. Pire, il ne répondit pas à son appel, ne tourna pas même les yeux vers la porte que Lola fit claquer deux fois afin de se manifester. Elle se planta devant Victor qui la remarqua enfin : « Oh mon amour, c'est toi, je suis désolé, c'est complètement dingue ce truc, regarde ! »

Lola se tourna vers l'écran. Il s'agissait du journal télévisé de 20 heures de Victor. Lola détestait regarder ce programme. Il la mettait mal à l'aise. Chaque jour, un journal télévisé *intelligent* calculait en fonction des préoccupations de chacun (piochées on ne savait où au gré des recherches Internet) les titres synonymes d'intéresser la personne qui avait allumé en dernier son boîtier. Ainsi, chaque téléspectateur était, pour ainsi dire, le propre rédacteur en chef de son journal d'information.

« Tu sais bien que je déteste ce truc. J'ai l'impression de rentrer dans ton cerveau.

– Non mais vraiment, regarde. C'est complètement dingue. »

Lola souffla puis s'assit aux côtés de Victor.

2

– Je suis en présence de Michelle. Bonjour Michelle.

– Bon…

– Michelle, vous êtes une restauratrice de cinquante-sept ans à Saint-Aignan, dans le Loir-et-Cher, et vous aussi, vous avez décidé de tout plaquer depuis que vous avez acheté la *TimeWise*, racontez-nous.

Une femme dynamique, devant l'entrée de son restaurant, s'adressa face caméra :

– Oh, mes filles vont me tuer. Elles pensent que c'est comme dire qu'on a rencontré quelqu'un sur Internet. Ça se fait pas. Vous trouvez, vous ?

– …

– Mais c'est vrai que la *TimeWise* a changé ma vie, écoutez. Je vais pas vous mentir. Avec Alain ça fait trente-trois ans qu'on est mariés alors parfois on était contents de rentrer tard à la maison hein ! Mais depuis qu'on sait qu'il nous reste trois ans à profiter ensemble, on veut les vivre à fond. Ah, si on avait…

– Bouleversant Michelle. Vraiment bouleversant. Et pouvez-vous nous dire comment cela a affecté votre vie ?

– Bah on a décidé de léguer le restaurant à notre famille et de partir faire le tour du monde.

Intriguée par sa ferveur, Lola observait Victor. Il était touchant qu'il s'intéresse de façon si soudaine aux personnes en fin de vie. La mort n'avait pas été sujet à débat fréquent, mais après tout, Victor n'était pas le dernier à s'interroger sur d'éventuels paradis et enfers. Enfant d'athées, il ne s'était jamais remis de ne pas être baptisé. Si le paradis était la garantie de la conscience tranquille, il aurait lui aussi aimé y avoir son ticket.

Plus récemment, Victor avait été présent auprès de Jacques lors de sa maladie. Il adorait son beau-père. Les affinités étaient moins évidentes avec la mère de Lola, mais il envisageait leurs relations avec philosophie, comme on déguste un Malabar bi-goût dont on tolère la banane.

3

« Plus que trois ans pour vivre votre amour Michelle, ça fait un choc on l'imagine ! Et vous pensez à l'après ? »
Le regard de Michelle s'assombrit. Elle s'immobilisa : « Non... Comme on ne connaît pas trop les circonstances de la fin, on se dit qu'on va vivre au présent et puis celui qui aura été quitté aura le droit de retourner travailler au restaurant avec la famille... »

« C'est gai ton truc, avait dit Lola. On part sur une condamnation à mort ou un suicide collectif ? Je n'ai pas trop compris leur projet. »

« Merci Michelle. On reviendra prendre de vos nouvelles. On peut vous souhaiter quelque chose en particulier, *Michelle* ?
– Ah oui ! Que c'est pas moi qui reviens vivre ici ! » s'exclama la restauratrice dans un drôle de rire, puis Victor éteignit la télévision.

« Merci pour ce moment de joie, mon amour. Je vais faire à dîner. »
Victor prit les mains de Lola. Quelque chose d'inédit s'était allumé dans son regard. Ou plutôt, quelque chose d'inédit s'était

rallumé. Le retour de l'excitation venait de frapper la cornée des yeux de Victor. C'était le signe d'une lubie brève mais intense. Cela l'avait été pour la peinture, la course à pied, le végétarisme. Rien n'avait duré, mais il était devenu excellent dans la cuisson du riz.

- Tu ne te rends pas compte. Ils viennent d'inventer un truc révolutionnaire.
- Oui... bon, reprit Lola s'efforçant d'insuffler de l'enthousiasme à son désintérêt, qui ça, *ils* ?
- Je ne sais pas ! Des geeks !
- Super ! Je vais faire chauffer l'eau !

Elle se leva mais Victor la prit par le coude pour la ramener jusqu'à lui.

- Lola ! Ils ont inventé une machine capable de calculer le temps d'une histoire !
- ...
- ...
- OK. Comment ça le *temps* d'une histoire ?
- Je te dis que quelqu'un a inventé un appareil capable de calculer combien de temps deux personnes resteront ensemble !
- Deux personnes ensemble ?
- Un couple.
- Merci. Tu es en train de me dire que des « geeks » ont inventé une formule pour calculer la date de péremption d'une histoire d'amour, *en gros* ?
- Précisément.
- ...
- Un appareil non seulement capable de prédire la fin d'une histoire d'amour, mais de déterminer les causes probables de la séparation...
- Ah oui ?
- Selon diverses catégories...

– Prodigieux. Car l'amour se répartit en plusieurs domaines d'activités ?

– Argent, famille... D'autres trucs... Dans un carnet numérique...

– Et on peut savoir pourquoi ça t'excite à ce point ? Tu me fais mal.

Victor n'avait pas lâché son coude depuis deux minutes. (C'était long pour une vie de coude.)

– Mais... Tu ne trouves pas ça phénoménal ?

– Victor, tu es sérieux ?

– ...

– Chéri, avait repris Lola, tu penses *sincèrement* qu'une machine peut décider de la date d'arrêt des sentiments ?

– Pas décider. Elle *sait*.

– Parce que tu crois que l'amour peut se calculer toi ?

– Mais tu as bien vu ! Tu es arrivée trop tard, mais il y en avait trois des Michelle comme cela !

– ...

– Et même un couple qui s'est séparé à la date exacte que le carnet avait donnée ! Pile dans la Catégorie qu'il avait indiquée ! « Retour de l'ex » ! Un classique...

– Bon... Et pourquoi on n'en a pas entendu parler plus tôt ?

– Je ne sais pas... Visiblement, ce n'est pas une très grande marque. Ils disaient que c'était un petit fabriquant, mais que le bouche-à-oreille commençait à faire son effet.

– M'ouais...

– Je vais demander à mon frère s'il l'a eu dans son journal lui aussi.

– Victor, je t'aime, mais ça fait sept jours que mon Apple Watch m'annonce la pire tempête qui ait jamais existé et on n'a jamais autant crevé de chaud.

– ...

– Tout ce que j'essaie de te dire, c'est que, morale à part, les machines ont des limites.

– Et si c'était vrai ?

– Ce serait très, *très* grave.

– Ou très, *très* beau ?, insista Victor.

– Parce que tu crois que tu pourrais survivre à la date de mon départ toi...

Et elle l'embrassa puis se leva pour mettre la table. Victor vint s'enrouler autour de sa taille alors qu'elle tendait le bras pour poser l'huile d'olive. « Comment ça, *ton* départ... »

Surprise par ses bras, elle fit tomber la bouteille, qui s'explosa sur le sol.

– Oh, je suis désolée ! Je ne t'ai pas senti venir !...

Perturbé par la phrase de Lola, Victor chassa de ses pensées l'incident qui venait de se produire.

– Ce n'est rien, mon amour. C'était le coin de la moquette que j'aimais le moins de toute façon.

4

On ne pouvait pas dire que Victor était *compliqué*. Un calcul était *compliqué*, un niveau de Mario Bross était *compliqué*, l'élaboration d'un plat, un déménagement, une négociation gouvernementale étaient *compliqués*, mais pas Victor. Victor était simplement fatigant quand il avait été heurté.

Son départ ? Si elle l'avait formulé, c'est qu'elle y avait déjà songé. Ou pire, il était si flagrant que ce fût elle qui partirait, que *son* départ s'était arraché de sa bouche, comme on ouvre la cage d'un oiseau pressé.

5

En accueillant ses deux élèves en début d'après-midi, Victor leur apprit qu'il avait changé de programme. Il sortit le clavier portatif de son piano électrique sur lequel les enfants se succéderaient.

- Je vous ai imprimé quelque chose de nouveau, asseyez-vous.
- Dieu soit loué, avait dit Zoé.
- Quoi ? Mais j'ai répété la *Lettre à Élise* toute la semaine avec mon père !
- Ça fait trois ans que tu répètes, Louis, avait dit Victor.
- ...
- Aujourd'hui je voulais vous faire découvrir Erik Satie.
- Oh non...
- Qu'est-ce qu'il y a, Zoé ?
- Mais c'est un déglingué.
- Ils étaient *tous* déglingués. OK ?
- Mais ça va...
- Donc aujourd'hui nous allons apprendre du Satie.
- Je...
- Oui, on sait Zoé, tu connais par cœur. Pour Louis, nous allons faire simple. Donc voici la partition des *Vexations*. Un super morceau.

– ...

– ...

– Cette œuvre s'exécute entre quatorze et trente-cinq heures mais nous allons commencer simple.

– ...

– Ne vous en faites pas, l'œuvre est la répétition unique d'un motif A, sur une mesure à treize temps.

– ...

– Donc. Pour jouer huit cent quarante fois de suite ce motif, il sera bon de se préparer au préalable, et dans le plus grand silence, par des immobilités sérieuses.

– ...

– Ne me regardez pas comme ça. C'est pas de moi. C'est de lui.

Victor joua devant ses élèves les *Vexations* pendant deux heures en y mélangeant les siennes. Des certitudes vexées qui étaient devenues une inquiétude.

6

Il devenait difficile de faire glisser son index le long de son fil d'actualité sans tomber sur un post mentionnant la *TimeWise*. La fonction de cette carte interactive (qui ressemblait vraisemblablement à une carte d'identité) était devenue un « challenge » accolé à un hashtag, et de nombreuses connaissances de Victor et Lola postaient sur Instagram et sur Twitter des photos de leurs résultats. Deux journalistes de *Libération* s'étaient vu refuser l'entrée de la petite manufacture implantée, officiellement, à Lausanne. *The Guardian* titrait à Londres « It's only a matter of love », en réponse à la mise en vente frauduleuse de cartes en faux, déclinées pour établir la durée de relations amicales, professionnelles ou familiales.

Victor décida d'appeler son frère. Il n'était pas du genre à s'étendre - l'introspection était son lieu de naissance - mais il savait que Marc partagerait sa nouvelle lubie. Il ne s'était pas trompé. Bien que son frère fût globalement plus fidèle à sa banque qu'à ses femmes, il avait un certain goût pour les affaires du cœur. De plus, Marc était un obsédé de la technologie dernier cri. En témoignait sa voiture, le contenu de sa mallette, et la quasi-intégralité de son dressing. Il avait rencontré il y a peu une jeune femme dont il était tombé très amoureux.

– Tu parles. J'en ai tout de suite parlé à Jeanne. Ça nous a bien fait marrer.
– Donc vous allez le faire ?
– Ouais.
– Mais vous n'avez pas peur ?
– Bah non, on s'aime.

7

Par la force de son esprit, Victor était convaincu qu'il pouvait accomplir toutes sortes de choses. Quoi qu'il en était, sa véritable réussite avait été de tomber sur la femme qu'il aimait, qu'il chérissait à chaque seconde, de son pragmatisme à sa tête de mule, de ses seins timides à ses genoux rentrés.

Pourtant, il ne pouvait s'empêcher d'être *titillé* par ce pronom possessif qu'elle avait flanqué à ce satané *départ*.

Oui, Victor était fatigant car excessif, et son chagrin devenait la forme active de sa tristesse.

8

À la fin de la journée, son frère rappela Victor pour lui annoncer la grande nouvelle : il allait se marier. Lorsque Victor lui demanda pourquoi cette envie si soudaine alors qu'ils s'étaient parlé au téléphone il y avait moins de trois heures, sans qu'il n'en soit question, Marc avança un argument qui lui parut d'emblée *irréfutable* : « Quarante-sept ans. »

9

Pour contrer l'habitude, Victor décida de ne pas allumer la télévision et dressa la table pour Lola comme de coutume. Marc lui avait parlé d'une application dont l'algorithme permettait de connaître ce qu'aurait envie de manger tel ou tel utilisateur au prochain repas (cela avait révolutionné la vie de parents désespérés devant *les frites et les pâtes* auxquels ils ne finissaient pas de se heurter), et Lola était d'humeur asiatique. Il courut chez Monsieur Meng, leur traiteur chinois, mais également leur point-relais, de telle sorte que le cuisinier connaissait non seulement leurs menus préférés (vapeur avec supplément nems) mais leurs préférences cosmétiques et leurs goûts vestimentaires (les cartons estampillés parlant d'eux-mêmes).

S'il était une vérité inaltérable, c'était bien que Monsieur Meng fût le meilleur Chinois de Paris (le meilleur Chinois de sa ville se trouvant toujours à moins de deux cents mètres de chez soi). Ainsi, il faisait régulièrement partie de leur quotidien, et on ne passait pas la rue sans jeter un œil en vitrine. En définitive, ce n'était pas Monsieur Meng qui faisait partie de la vie de quartier, mais la vie de quartier, de Monsieur Meng.

Victor et Monsieur Meng choisirent donc deux raviolis Shanghai, trois raviolis crevettes, deux bouchées crabes, de la sauce piquante, quatre nems poulets (évidemment) et, cela était *une petite folie*, ils rajoutèrent cent cinquante grammes de nouilles sautées, ainsi que deux pâtes soja. (*Ils* choisissaient, car l'on ne décidait pas sans le maître des lieux, l'on suggérait, tout au plus.) « Un évènement spécial aujourd'hui, Monsieur Victor ? » avait demandé Meng et Victor lui fit un clin d'œil.

Au moment de sortir, ils s'extasièrent ensemble une minute devant l'aquarium de Monsieur Meng comme il était coutume de le faire. Et il était vrai qu'il pouvait être fier de ses trois poissons-chats, deux Kohaku et cinq voiles-de-Chine.

10

Lola était déjà rentrée. Elle s'était assise face à la porte en attendant Victor, souriant aux pas qu'elle entendait grimper (il lui avait fallu être très amoureuse pour accepter de vivre au sixième étage sans ascenseur). Ce soir, elle était d'excellente humeur. Ses cours de maths se raréfiaient depuis que des calculatrices surperformantes pardonnaient aux tables de multiplication de ne plus être révisées, mais elle venait de passer avec succès un entretien pour un travail de vendeuse à mi-temps dans une boutique chic des Grands-Boulevards.

Son directeur de thèse, Pascal Lozachmeur, avait encouragé Lola dans sa démarche. Il fallait qu'elle puisse se plonger dans l'écriture sans être paralysée par l'angoisse des soucis financiers, tout en continuant à pouvoir se nourrir des aléas de la vie professionnelle. Cela enrichirait sa thèse de manière indéniable. Et Lola savait qu'il avait raison. Mais elle avait arrêté le *je* depuis qu'elle pratiquait le *nous*. Ainsi, il lui arrivait de penser que si elle s'efforçait de rester dans la vie active, c'était surtout afin de maintenir Victor hors de sa vie passive.

11

Lorsque Victor retrouva Lola à la maison et qu'ils discutèrent ensemble des modalités de son nouvel emploi, il n'avait pu s'empêcher de la serrer dans ses bras, de l'embrasser avec effusion. Car les manifestations de son corps avaient toujours été raccord avec le niveau de son admiration.

On pouvait dire que Victor avait de la chance d'être tombé sur Lola. (C'était en tout cas ce que ne se privait pas de faire sa belle-mère.) Ses cours de piano rapportaient à peine de quoi assurer les courses du mois. S'ils arrivaient tout juste à joindre les deux bouts, c'était bien grâce au salaire qu'octroyait l'université aux étudiants en fin de doctorat.

Lola savait pertinemment que les principes de Victor la forçaient à prendre un emploi afin qu'ils s'évitent tous deux des coups de panique passé les *moins cent/moins deux cents/moins trois cents* du mois que leurs banquiers ne manqueraient pas de leur rappeler *via* des notifications inopinées. Elle ne souhaita pas que Victor s'en excuse. Ils s'aimaient comme ils étaient. Et ainsi, rentrait dans le périmètre de l'autre tout ce que le périmètre opposé ne pouvait tolérer, mais qui était vitale à la survie d'un couple. En l'occurrence, l'argent.

Ensemble, ils déballèrent tout ce que Victor venait d'acheter chez Meng. Puis, aussitôt que cela fut fait, comme si la vérité qu'il avait sur le bout de la langue était de l'eau salée jetée sur une plaie (cela le *brûlait*, le *démangeait*), il prit un air solennel et somma Lola de s'asseoir, pour la deuxième fois en deux jours.

- Lola.
- Oui.
- Lola.
- Oui ???
- Tu es bien assise ?
- Victor.

Lola s'épanouissait dans la recherche, car elle trouvait un grand réconfort à ce que ses trouvailles soient le fruit d'une intuition, qui, en réalité, avait toujours été inscrite en elle. De ce fait, elle n'était pas friande de ce qu'elle ne pouvait anticiper. L'amour était bien la seule doctrine pour laquelle elle avait accepté de foncer tête baissée.

- Mon frère va se marier.
- Ah ! Tu m'as fait peur !
- Mais tu ne trouves pas ça dingue ? Tu connais mon frère !
- Bah justement... Ça ne m'étonne pas tellement. Il en est dingue de sa Jeanne.
- ...
- Elle a pas inventé le fil à couper le beurre, mais elle est très sympa.
- Ça me fait un choc.
- Mais s'ils sont heureux mon amour, c'est super...
- Mon frère n'est pas du tout du genre à se marier.
- Ton frère a trois enfants avec trois femmes différentes.
- Et alors ? Il a toujours fait ce qu'il voulait.
- Il a peut-être envie d'autre chose...

Marc avait en quelque sorte inventé le *complexe de l'aîné*. Alors qu'il rentrait dans l'adolescence à la naissance de Victor, il s'était mis à courir contre la montre, à rafler tout ce qui pouvait constituer la fierté de ses parents : il devint excellent à l'école, il séduisit des jeunes filles de bonne famille, il prit même option chinois pour le bac, il s'installa en ménage rapidement. Si cela finissait par se compliquer, Marc réduisait ce qu'il avait construit à néant, puis reconstruisait derechef les fondations d'une union, sans que ses parents ne puissent par conséquent s'en inquiéter. De telle sorte que, s'il était devenu père successivement, il ne fabriqua pas des enfants-pansements, mais des enfants-souvenirs.

- C'est juste.
- Bon.
- Mais je ne vois pas le rapport.
- Je ne sais pas... Il va avoir quarante ans... C'est la crise de la quarantaine...
- Mais ils se sont rencontrés il y a six mois !
- Et tu penses que l'on peut quantifier l'amour sur la mesure des jours, toi ?
- Non.
- Alors qu'est-ce qu'il y a, Victor ?
- Tu veux que je te dise ? Ils se marient à cause de la *TimeWise*.
- Ah non. On arrête avec ça. Je n'ai entendu que ça aujourd'hui. Je suis à bout.

Et en effet, cette histoire ne l'avait pas lâchée. Pour dire vrai, elle était même à l'origine de son embauche. L'employée qui lui cédait sa place avait déserté son poste après s'être fait quitter. Une certaine Mélanie dont le récent compagnon s'était procuré leurs calculs amoureux contre son gré et qui, ébranlé par un résultat visiblement peu encourageant, était parti sans autre forme de procès. (En réalité, la date de son départ avait été parfaitement conforme à la prophétie de la Carte, dont même les plus belles réconciliations ne pouvaient avoir d'incidence sur ses chiffres.) Ainsi, Lola avait gagné un emploi par le biais étrange d'un chronomètre dont les causes à effet s'étalaient bien au-delà de son propre foyer. Cela avait été discuté, devant Lola, un peu froidement, par ses futurs managers. « *Que voulez-vous ? De nos jours, on n'a plus temps de souffrir.* »

12

Victor montra la dernière photo de profil que son frère venait de poster. Il posait, avec Jeanne et leurs annulaires engagés, aux côtés de la page d'accueil de leur *TimeWise*, dont le tampon officiel indiquait les quarante-sept années à venir.

- Tu sais quoi, mon chéri ? Tant mieux, s'ils sont heureux.
- ...
- Alors ce repas..., reprit-elle dans l'espoir de changer de conversation. C'est pour quoi ?

Mais elle avait prononcé ces mots fébrilement, dérangée par la nouvelle obsession de Victor, auquel il ne semblait pas être venu à l'idée que les quarante-sept années dont son frère avait bénéficié étaient peut-être aussi l'indication du temps qu'il lui restait à vivre.

- C'est pour notre *TimeWise*.
- Pardon ?
- Je l'ai commandée et je l'attends.
- J'espère que c'est une blague.
- Eh bien... Tu n'y crois pas et c'est... important pour moi.
- Je ne sais pas quoi te dire.
- À moins, bien sûr, que tu n'aies peur...

- Que j'aie peur ?
- Que tu ne crois pas en nous...
- ...
- Que tu penses à *ton* départ...

Elle regarda Victor sans bouger. Il comprit qu'il avait été ridicule et se tut. Pourtant, Lola ne demanda pas à comprendre le sens de sa dernière phrase. En vérité, elle était *fatiguée*. Elle se leva, marcha vers la chambre, voulut se retourner, mais par fierté aussi, s'y résigna. Puis finalement elle fit demi-tour.

- Retourne-toi, s'il te plaît.
- Pourquoi ?
- Je voulais voir à quoi ressemble la mauvaise foi. »

Il ne se retourna pas et elle partit se coucher.

13

Quand Victor y alla à son tour, elle s'était déjà endormie. Comment avait-elle pu trouver le sommeil après leur dernier échange ? Il ne ferma pas l'œil de la nuit et resta seul avec son insinuation. C'était la première fois qu'ils se couchaient sans s'embrasser, se caresser, et plus communément (bien que la mélodie de ces mots brillait toujours d'une résonance inédite) se dire qu'ils s'aimaient.

Deux mots pourtant qui, jusqu'ici, sonnaient à leurs oreilles plus régulièrement que leurs téléphones portables n'émettaient de sonneries.

14

Il ne s'agissait pas de savoir ce que le manque d'amour donne le droit de faire, mais ce que le don d'amour permet d'entreprendre. En vertu de cette croyance, Lola ne s'était pas indignée lorsqu'il avait fallu qu'elle se démène pour assurer ses cours de mathématiques, l'écriture de sa thèse, ses rendez-vous à l'université, ses journées de recherche à la bibliothèque (elle aimait le piano mais cela n'était pas optimal pour la concentration), et maintenant, son travail à mi-temps dans une boutique dont les clients étaient sympathiques mais les sollicitations éclectiques.

L'égoïsme de Victor l'avait déstabilisée. Le lendemain, elle fut par conséquent soulagée de se rendre au travail, un endroit où les tâches rébarbatives l'éloigneraient de sa dispute de la veille. Mais ses rares moments de rêveries l'enlisèrent tout de même au beau milieu du ressentiment. Comment était-il possible d'être si immature ? Dans son souvenir, elle savait qu'il lui avait démontré maintes fois sa reconnaissance. Mais elle ne pouvait s'empêcher de ressasser ses derniers propos, encore et encore. D'accord, elle ne faisait pas preuve d'*héroïsme* (Gandhi était un *héros*, Churchill était un *héros*, son père était un *héros*) et il n'était pas question de

sacrifice, ni d'*abandon* (et au contraire, sa relation l'avait poussée à l'entreprise), cependant elle aurait apprécié un geste, une caresse, un solde de tout compte amoureux des efforts qu'elle fournissait pour maintenir leur bonheur à flots. Tout compte fait, pensa-t-elle, elle avait pensé gagner en hauteur, mais ses études de philosophie ne l'avait pas élevée au-dessus de la mêlée.
Elle avait donné pour recevoir.

Elle souhaitait un *juste retour des choses.*

15

Une mère est un père comme les autres. Tel était le chœur de chacune des tirades de Sylvie quand sa fille lui demandait de lui passer son père. Ce n'était pas que Lola n'avait rien à lui dire – les deux femmes se rejoignaient sur certains points. Prévalaient au-delà de tous l'indépendance et l'énergie que celles-ci mettaient à *leur propre service*. Mais Sylvie était malheureuse avec Jacques. Et il était dur pour leur fille d'être à l'épicentre de cet échec. Elle qui avait été le juste milieu, le point de ralliement de ces deux individus, se retrouvait à partager le podium avec un malaise, une sorte de gêne tacite, qui s'était émancipée du silence pour s'exprimer.

Qui criait au dehors et en dedans.

Jacques était un homme discret qui avait appris à regarder les choses en face. La maladie l'avait rendu humble. Il gardait la politesse du non-encombrement (ne racontant pas aux autres ce qu'il n'aurait pas voulu qu'on lui raconte). Il débordait d'amour pour sa fille, en qui il reconnaissait les convictions jadis *propres* de sa femme.

Il était un homme sage, un homme sans remous, un homme dont personne ne comprit qu'il fût atteint à l'estomac : il n'existait pas homme plus droit dans ses bottes que cet ancien cardiologue, qui ne fit qu'accorder ses respirations à l'appareil respiratoire de ses proches. Il avait le cœur et les poumons tournés droit devant lui. Pareille boussole ne rattrapait plus les élans de sa femme, mais faisait de lui un homme admiré. (Il fut d'autant plus énervant pour Sylvie qu'elle n'en trouva pas moins d'excuse de ne plus l'aimer et entreprit de démonter chacun des souvenirs qui le reliait à elle dans l'espoir de démanteler le noyau même du plus discret de leurs bonheurs.)

Lola s'enquit de la santé de son père. Ce dernier se remettait de son opération et recommençait à vivre ses jours sans être rappelé à la douleur. Il était follement épris de la nouvelle liberté de ses mouvements. Follement épris par l'abandon du mal *physique*, dont le réveil le renvoyait directement à son lit d'hôpital, lorsque la maladie était encore son passeport, son groupe sanguin, ses échanges avec les autres, et bientôt, son entière constitution. Dorénavant, il se levait, il marchait, il riait, il vivait avec plaisir, lesté du rappel interne de sa condition, bien que la maladie reste à jamais la concierge d'un corps qu'elle a un jour habité.

« Ma fille, si c'est pour faire semblant d'aller bien, ce n'est pas la peine de m'appeler », lui avait dit Jacques, mais Lola ne savait pas par quoi commencer. Il n'y avait pas de réel *problème*. Aucune situation véritablement instable qui ne nécessitait une décision. Elle ne savait simplement pas *où* ni *comment* ni *pourquoi* une certaine tension avec Victor s'était installée. Il lui était d'autant plus difficile de s'exprimer devant son père, pour qui Victor et Lola formaient le dernier rempart de l'idéal conjugal (car ce schéma marchait parfois dans le sens inverse de *l'ordre naturel des choses*). Eux, *si* heureux, eux, *si* amoureux, formaient aux yeux de leurs proches un patron sur-mesure, l'appartement témoin d'un chantier en perpétuelle construction.

Il était bien entendu revenu aux oreilles de Jacques qu'une sorte de carnet de santé matrimonial avait commencé à circuler. Sa femme ne s'était d'ailleurs pas privée de lui en proposer un, certaine qu'*avec eux*, l'aiguille du chrono amoureux tournerait dans l'autre sens. Pour Jacques, la situation était claire, et il n'alimenta pas les angoisses de sa fille : Victor avait été bouleversé par l'annonce du mariage de son frère, et avait vu dans le désintérêt de Lola une certaine indifférence à l'engagement.

C'était une aberration pour Lola, pour laquelle l'*évidence* qu'ils partageaient volait bien au-delà de toutes les promesses, les emménagements, les concessions, les partages *de*, les *voudrais-tu* de ce monde.

16

Victor s'en voulait. Il avait été immature de prendre personnellement des propos sortis de leur contexte. Au-delà de son caprice, il mesurait sa chance. Il se savait aimé d'une femme qui avait su voir au travers de ses doutes, qui l'aimait *de facto*. Puisqu'il fallait croire que l'on arrivait toujours en avance sur ceux que l'on aime.

Il écrivit un message à Lola : « Je voulais te dire que notre Carte était arrivée chez Meng, mais que je n'irai pas la chercher. »

Il resta les yeux rivés sur son message qui venait de virer au bleu avant de renvoyer : « Et leurs calculs ne vont pas au-delà de cent ans alors qu'il me faudra au moins dix vies pour avoir fini de t'aimer. »

17

Lorsque Lola raccrocha, et contrairement à son habitude, elle ne fit pas le bilan de ce qui venait d'être discuté. Campée sur ses positions (ou plutôt sa non-position), elle répondit à Victor pour lui dire qu'elle rentrerait plus tard que prévu.

Elle avait une course à faire.

Victor se rassura comme il le put. Après tout, c'était elle qui avait insisté pour lui organiser une petite fête d'anniversaire. Il détestait organiser les célébrations annuelles, surtout si celles-là incombaient à sa venue sur terre. L'hypocrisie d'un plan de table travaillé, qui résultait de la somme des névroses et des reproches de chacun, réveillait chez lui des souvenirs de famille consternants.

Mais Lola avait décidé que ce moment existerait au travers de tous, et il avait capitulé. (En réalité, il fut rassuré par ce *tous*, qui ne pouvait englober que son frère, Jeanne, et deux couples d'amis - l'un ne pouvant être invité sans l'autre). Oui, Lola avait dû finir sa journée de travail maintenant. Elle devait parcourir les rayons d'un supermarché pour le lendemain, à la recherche de denrées festives et de ces excuses liquides dont on se sert pour se souhaiter de belles choses. Il espérait qu'elle avait oublié la dispute de la veille. De toute façon, ce n'était pas la fin du monde. La fin du monde, c'était la perte de Lola. Mais Lola était en route.

Il l'attendait le cœur battant.

18

L'arrivée de la *TimeWise* dans les ménages occidentaux avait provoqué une flambée médiatique intarissable. Son utilisation avait soulevé au sein des ménages de nombreuses questions. Fallait-il, au nom de son couple, s'interdire son emploi dans le souci de préserver son union ? Ou valait-il mieux, au contraire, prendre le risque de la fragiliser, si cela permettait d'atteindre la *vérité* ? Et dans ce cas-là : un amour épanoui pouvait-il supporter les contours d'un temps imparti ? Une relation ennuyeuse devenait-elle plus palpitante si elle était vouée à un grand succès linéaire ? Les éditorialistes se régalaient de cette matière nouvelle depuis que les politiques, terrifiés par les *petites phrases*, ne se laissaient plus aller à dire un mot sans que celui-là ne soit approuvé par un logiciel. La jugeant amorale, les philosophes snobaient cette affaire, bien que trois des plus connus d'entre eux prissent partie pour la Carte, heureux d'entretenir leurs réputations subversives. Des boîtes de production se battaient pour remporter l'appel d'offre de Netflix, afin de créer un programme de télé-réalité consacré aux couples qui évolueraient après l'utilisation de leurs Cartes. Et le marché de l'intégrité sentimentale s'étalait à mesure que les commentaires se multipliaient.

Cependant, une *vraie* question demeurait : les utilisateurs de la *TimeWise* resteraient-ils ensemble *deux*, *dix*, *vingt-cinq* ans, parce que la Carte en avait décidé ainsi ? En d'autres termes, était-il possible qu'ils s'auto-influencent comme une cartomancienne distribue le bon ou le mauvais augure ?

On ne trouva, à ce jour, pas *un* binôme qui ne vienne contrecarrer les prédictions calendaires qu'ils s'étaient vus attribuées. Mais le phénomène était nouveau. Et il semblait fou que tant d'individus puissent jouer leurs vies à chaque mise en route de leurs carnets numériques. Il s'agissait du dernier gadget à s'insérer dans le quotidien de ses usagers. Par définition, son taux de réussite était difficile à calculer.

Pourtant, des témoignages de « vieux » couples affluaient. Premiers utilisateurs d'une version test il y avait de cela des années, ils étaient catégoriques.

Le chronomètre ne s'était jamais trompé.

19

Lorsque Lola rentra ce soir-là, Victor prit soin de reconstituer jusqu'à la moindre parcelle de l'ordinaire. Si la vie quotidienne est un aspirateur à tendresse, Victor prenait le contre-pied de cette maxime, reproduisant à l'exactitude le calme et la douceur de l'avant-avant-veille. (Il n'était question ici que de pure superstition de la reproduction du bonheur.) Il mit donc la télévision en sourdine et dressa la table.

Il ne donnait cours que deux fois par semaine et par conséquent, il avait eu la journée entière pour ruminer. Il n'avait même pas effleuré une touche de son piano, incertain de vouloir donner souffle à sa mélancolie. C'était une punition, car Victor ne jouait pas pour ressentir mais pour réparer.

Lola venait de passer la porte quand Victor sortit de la douche, et fut heureuse de constater que l'appartement avait été rangé, nettoyé, qu'il y faisait chaud, qu'il y sentait bon. Son état d'esprit avait surprenamment évolué. Elle le rejoignit dans la salle de bains et, l'invitant sous l'eau de nouveau avec elle, laissa la vapeur étouffer anciens reproches et nouveaux soupirs.

20

Ils mangèrent en silence, heureux de s'être retrouvés. Puis Lola s'excusa auprès de Victor, mais elle ne pouvait passer la soirée à ses côtés. Elle devait aller écrire sa thèse, ou du moins, coucher par écrit son bégaiement intellectuel. Elle n'avait pas été très bavarde. Tout au plus était-elle revenue sur sa première journée de travail, mais puisque celui-là était laborieux, c'était peut-être par réserve qu'elle s'était gardée de lui raconter comment elle avait plié quinze fois une cravate, remis douze fois un sac à sa place, tenu une porte pour dire aurevoir. Ils ne s'étaient jamais disputés auparavant mais Lola était du genre à *digérer*. Peut-être avait-elle également ressenti le besoin de prendre un peu de distance ? Cette hypothèse angoissa Victor mais il décida qu'il était plus sage de la laisser revenir complètement à lui sans la brusquer.

En allant éteindre les lumières, il alla regarder avec tendresse ce que Lola avait acheté pour sa soirée d'anniversaire. Mais il ne trouva rien. Aucun sac, aucune boîte, aucun carton, aucun emballage dans le frigidaire qui n'eût l'air de détonner d'un lundi, d'un vendredi, dont l'apparat pouvait annoncer une fête. Il n'y avait rien dans les placards. Rien dans les tiroirs. Et une boule d'angoisse vint se loger au creux de son ventre. Se pouvait-il qu'elle lui ait menti ? Se pouvait-il qu'elle soit venue le rejoindre sous la douche animée par la culpabilité, et qu'enfin, elle ait exprimé le besoin de se retirer ? Il se cogna contre leur *Glacière* – sorte de congélateur high-tech portatif qu'ils sortaient quand le besoin était nécessaire – et fut instantanément rassuré. Il y trouva deux tartes à la framboise, des pizzas surgelées et une boîte de bougies, calée là, de toute évidence, car il ne restait pas un rangement dans cet appartement qui ne fût exploité (mais Lola était Victor, Victor était Lola, et l'*intimité* avait fait mue vers l'*unité*). Puis, le cœur tranquille, il éteignit les lumières et repartit se coucher.

21

Pour son anniversaire, Victor eut à peine le temps d'embrasser Lola qu'elle avait déjà dévalé les escaliers pour rejoindre son travail. Cela n'avait pas produit le meilleur effet, mais elle avait demandé à sa supérieure si elle pouvait partir plus tôt, et cela de façon tout à fait exceptionnelle, pour l'anniversaire de son fiancé. Cela était *possible*, avait répondu sa supérieure, seulement si elle pouvait se faire remplacer, encore que, cela n'était pas si *facile*, car elle n'était pas la seule à avoir *une vie*.

Elle s'était bien entendu avec Constance, dont la chaleur s'était spontanément manifestée. Une jeune femme fort sympathique dont la seule ambition avait été de sortir une fois avec un type dont le nom propre figurait au dictionnaire. Une jeune femme peu pressée, qui, à la force de son sourire (de ses ventes) et de son dévouement (de ses ventes) avait transformé en *i* le *d* de son CDD. (À dire vrai, son embauche définitive avait concordé avec la démission de sa pensée.) Elle était heureuse de rendre service à Lola, dont elle espérait se faire une alliée. Sa promotion n'avait pas été accueillie dans la bienveillance la plus collective.

Quand elle enregistra les transactions de la journée, après avoir accepté d'assurer son remplacement, elle s'aperçut que Lola avait encaissé l'intégralité de ses ventes sous le nom de Constance Guichard. Cela la propulserait automatiquement au rang de meilleure employée de la semaine, sans compter les commissions dont elle bénéficierait. Constance exultait. Elle savait qu'il existait une rentabilité à la bonté. Le service était le jeton de l'humanité. Et Constance avait foi en la gentillesse. Elle visait le jackpot.

22

Les six derniers mois, Jeanne avait pris un café avec la première femme de Marc, déjeuné avec la seconde, était partie en week-end avec la troisième. Cette dernière partageait un enfant en bas âge avec Marc et l'on avait vite fait de prendre un *maman* pour un simple babillement. Elle s'entendait bien avec ses anciennes compagnes. Non pas qu'elle y mette un point d'honneur. Il était juste plus facile de se rendre un enfant à domicile plutôt que sur une aire de parking. Elle savait tout à fait qu'elle devrait composer avec les trois visages du passé de Marc, dont les traits se scannaient petit à petit sur les têtes de sa progéniture. Elle expiait cette pensée dès lors qu'elle lui venait à l'esprit. Il s'était construit une étrange forme de solidarité entre elles. La première n'ayant pas grande affinité avec sa seconde, et ainsi de suite. Elle n'était donc pas très amie avec la dernière compagne de Marc, qui ne pourrait la trouver sympathique que lorsqu'elle-même se serait fait remercier.

Jeanne était une femme mûre pour son âge, mais il lui manquait *un peu* de culture. Elle avait de la jugeote mais peu de répartie. De l'expérience mais pas de *vécu*. Elle incarnait aux yeux des autres non pas une personne avec laquelle il fallait composer, mais l'ombre sympathique d'un individu. Jeanne représentait aux yeux du monde le verso de Marc.

Il avait commandé leur Carte sans son accord. Il ne l'avait d'ailleurs pas consultée. Jeanne était de toute façon connue pour consentir. Cette démarche ne demandait pas, par ailleurs, l'accord des deux parties. Et cette donnée provoquait un tollé parmi l'emballement médiatique. Pour se procurer la Carte de son couple, il suffisait de fournir assez de preuves qui le justifiât. Des photos de vacances, des messages échangés, deux noms sur une même enveloppe. Des lettres manuscrites pouvaient accélérer le processus. Au contraire, les couples issus d'un blind-date voyaient leur attente rallongée. Un homme s'était fait radier de Tinder pour avoir utilisé ses échanges avec une jeune femme inscrite sur l'application. La frénésie des commentateurs s'essoufflait tout de même un peu : on ne trouvait aucun interlocuteur pour plaider en faveur de la *TimeWise*. Pas de communicant, pas de communiqué, mais une seule et même plateforme en ligne. Et un chatbot dénué de tout intérêt journalistique.

Jeanne, donc, était le papier buvard de Marc. Par voie de conséquence, ce fut elle qui récolta le soupir de Victor quand il leur ouvrit la porte.

23

Victor avait rangé tout ce qui n'avait aucune utilité. (Un livre traîne dans un deux mètres carrés, et l'on a subitement l'impression de se retrouver en pleine braderie lilloise.) Il avait tout de même laissé son clavier sorti, heureux à l'avance de profiter de la bonne composition de convives en état d'ébriété. Les deux couples d'amis, satisfaits de se savoir chacun conviés, conversaient apaisés sur le canapé. Ils étaient heureux bien que figés. (Mais cela était normal, car ils n'avaient pas la place de bouger.) Victor servit un verre à Marc et à Jeanne, et descendit le sien d'une traite (il avait déjà bu la moitié d'une bouteille avant que Lola ne rentre, et Lola était rentrée depuis deux bonnes heures déjà.) Il prit sur lui et les félicita.

- De toute façon, horloge ou pas, on s'en doutait, que ça allait durer, hein, ma Jeanne.

Jeanne émit un rire étouffé.

- Ah oui ?

- Bah ouais, tiens.

Et Marc lança un énième regard énamouré vers Jeanne qui ne savait plus où les ranger.

- C'est beau...

- Oui...
- Je suis vraiment content pour vous deux...
- C'est vrai que je ne m'y attendais pas du tout..., avait dit Jeanne.
- Dans un sens... moi non plus !, avait dit Marc.
- ...
- Mais ma p'tite Jeanne, on n'en fait pas deux...
- ...
- Alors si on en doutait... Ha ha ha...
- ...
- Bien sûr qu'on n'en doutait pas... Hein ma Jeanne ?
- Non...
- Non... Enfin... Vous avez décidé de vous marier *depuis* que vous savez.
- Qu'on sait quoi ?
- Que vous en avez pour quarante-sept ans, *a priori*.
- ...
- Où est-ce que tu veux en venir Victor ? Tu vois pas que tu mets Jeanne mal à l'aise.

Jeanne fit une moue qui pouvait se traduire par « Ne vous en faites pas pour moi ». Mais personne ne s'en faisait jamais pour Jeanne.

- Je dis juste que si vous n'aviez pas su que vous en aviez pour quarante-sept ans *a priori*, vous...

Lola fit teinter son verre et tout le monde mit fin à sa conversation. Elle remercia chacun d'être venu. Elle était d'excellente humeur et pour la satisfaire, Victor changea d'attitude. Il monta un peu la musique, resservit tout le monde et retourna même faire la conversation à Jeanne.

Marc faisait défiler à qui voulait bien les voir les dernières photos de son voilier de plaisance, qu'il venait d'acheter après l'avoir expérimenté *via* réalité virtuelle. « C'était *hyper* bien. Il est attaché au port de Sauzon. Très pratique. Comme ça, on l'a quand on voudra. Une affaire, hein ? » Et ainsi de suite.

Le premier couple d'amis vanta l'heureux ménage que formaient Victor et Lola. Le second dit qu'ils avaient *vachement* de chance de les connaître. Le premier réitéra leur argument. Le second surenchérit « C'est si... *mimi* chez vous » (car l'appartement de Victor et Lola était si exigu que même cet adjectif avait dû être contracté).

Jeanne était allée demander si Lola avait besoin d'aide, et toutes les deux s'affairèrent à sortir les pizzas du four, donnèrent les assiettes, distribuèrent les couverts, remirent du champagne au frais.

24

Chacun avait atteint un stade d'alcoolémie confortable et l'ivresse abandonna le savoir-vivre pour le savoir-rire. Marc, qui n'avait pas non plus lésiné sur la bouteille (et ce n'était pas de la faute de Jeanne qui, le connaissant, ne lui avait servi que des *demi*-verres), ne put s'empêcher de revenir sur son bonheur le plus récent.

- Je vous ai parlé de mon voilier tout à l'heure.
- Oui, répondirent-ils tous en chœur.

Sauf Victor, qui connaissait son frère par cœur.

- Jeanne, montre ta main.

Jeanne, gênée par l'indélicatesse de Marc, leva sa main.

- Mais pas celle-là !
- ...
- La gauche !!!

Jeanne leva sa main gauche.

- *Waouh*, s'extasièrent-ils, alors que la main gauche de Jeanne tremblait sous leurs yeux.
- Excusez-moi, j'ai un peu bu.

Et elle tenta vainement de masquer son hoquet.

Ils applaudirent tous très fort et s'empressèrent de demander *et comment*, et *où ça*, et si cela avait été un *oui*, *tout de suite*, ou *plutôt* après *plusieurs minutes*, et si oui, *combien*, etc. Quand Marc évoqua l'arrivée de leur *TimeWise*, concomitante à leurs fiançailles, les yeux s'ouvrèrent grand. Victor jeta un œil vers Lola, emballée par leur récit, et se resservit un verre.

Heureux de pouvoir enfin aborder leur relation sans avoir à s'en référer à des pratiques sexuelles déviantes ou des anecdotes glauques, Couple Numéro Un et Couple Numéro Deux se lancèrent dans un débat inaudible quant à l'intérêt de se procurer leur propre Carte.

Couple Numéro Un revint sur le tweet épinglé d'Elon Musk, « This *TimeWise* is bullshit », ravi d'ajouter une anecdote au bouillonnement nouveau. Puisque l'on ne pouvait faire la demande que d'une seule Carte par couple, Couple Numéro Deux estima qu'il suffisait de se procurer sa Carte puis de s'en débarrasser immédiatement, et cela afin de réduire à néant toute volonté de *savoir*. La moitié de Couple Numéro Un, dont les yeux n'avaient eu de cesse de faire des allers-retours entre la main gauche de Jeanne et la main gauche de son autre moitié, admit que *quand même, ça pouvait être sympa*. Et les deux s'embrassèrent, scellant l'aventure prochaine.

25

Les pizzas terminées, Jeanne, pour qui la loi esthétique l'emportait sur la vérité mathématique, démoula les tartes et y planta un grand nombre de bougies. Marc éteignit les lumières et tous se mirent à entonner un *joyeux anniversaire*. Porté par l'affection générale, Victor accompagna au piano ses invités. Quand ils eurent fini, ils formèrent une queue et embrassèrent tour à tour Victor, rougi par l'ivresse, ou l'effusion, ou les deux.

« Ça, c'est pour tes élèves ! Enfin ! Tes cours ! »

Il prit le cadeau qui lui était tendu par Couple Numéro Un et déballa un exemplaire du *Piano pour les nuls*.

- Oh... Merci... C'est trop... gentil...

- On s'est dit qu'ils allaient apprendre plus vite comme ça ! Le type nous a dit que c'était très pratique ! C'est sympa, non !

- Génial !, s'exclama Marc, plein de *a* dans son *nial*.

Le deuxième couple, la mort dans l'âme, tendit son cadeau, dépité.

- On a eu la même idée...

- À moi, maintenant ! s'exclama Lola, et elle alla chercher dans la poche intérieure de son manteau un petit paquet bien emballé.

Les yeux brillants, elle souffla dans l'oreille de Victor :

- Joyeux anniversaire mon amour.

26

Victor tira sur le ruban.
Ôta, couche par couche, l'emballage de son cadeau.
Il s'agissait d'une petite boîte rose.
Il la secoua.
Mais rien ne sembla se cogner contre les parois de l'écrin.
« Ouvre », souffla Lola.
Il ouvrit la boîte.
Tous y allèrent de leur plus beau « oh... »
De leur plus beau « ah... »
Victor s'assit sur le canapé.
Nez à nez avec sa *TimeWise*.

27

Lola ne tenait plus en place.
« Ça te plaît ? »
Victor avait les mains qui tremblaient. À vrai dire, tout le monde s'était assis, flageolant devant la *vérité*.
- Ouvre-la ! Ouvre-la !
- Je... Je ne sais pas...
- Ouvre-la ! Ouvre-la !
Victor prit une grande inspiration.
Il mit une main devant ses yeux et fit glisser le couvercle de la boîte.
La Carte était retournée.
Repoussant sa sentence.
- On n'en peut plus, Victor.
- J'ai l'impression que notre vie est en jeu, souffla Couple Numéro Un.
- Oui, nous aussi, dit Couple Numéro Deux.
- Arrêtez... Le pauvre, c'est horrible...
Un orchestre s'était saisi des jambes et des talons de chacun qui n'en finissait pas de battre la mesure de leurs angoisses.

– Mais enfin ! Ce n'est qu'une carte..., avait soufflé Lola (mais son sourire avait trahi son effroi).
– Oui...
– Allez, Victor.
Mais il peinait à dissiper la sueur de son front.
Alors Victor rassembla son courage et il retourna la carte.
Quand il vit son inscription, il crut défaillir.

28

– Ce n'est pas possible...

– Quoi ?! Mais quoi ?!, s'exclamèrent-ils tous comme si le futur de l'humanité en dépendait.

Mais le monde avait bien cessé de tourner pour Victor. Son humanité tout entière *à lui* en dépendait. Pour Victor, la pièce s'était plongée dans le noir. Sa vue s'était obstruée. La musique ne lui parvenait plus aux oreilles. Ni les bribes de vaines accolades qui s'éparpillaient autour de lui. Il avait même cessé de respirer. Il parvenait à peine à distinguer Lola parmi de troubles guirlandes de lumières. Et sa gorge s'était étranglée.

« Deux ans. »

Deux ans. Marc coupa la musique. Personne ne dit un mot. Et personne n'osa même relever les yeux, ni vers Victor, ni vers Lola, visiblement immobilisés, même si cela était difficile à dire puisque tout le monde fixait ses propres pieds.

29

Après l'interminable silence, les invités commencèrent à s'agiter. Victor n'avait toujours pas bougé. Il s'était littéralement cristallisé.

- Ah ouais, je vois, avait soufflé Couple Numéro Deux.
- Genre...
- Très drôle, renchérit Couple Numéro Un.
- On n'y croit pas à votre truc...

L'un deux attrapa la Carte des mains de Victor.

- Vous êtes pas sérieux de nous faire ça.

Et il la déposa sur ses genoux en se raclant la gorge.

- Et l'Oscar de la plus longue relation d'amour est attribué à Victor Nouaille et Lola Lubeck pour une belle durée de...

Le remettant brandit la Carte au niveau de ses yeux. Il tint ce geste bien dix secondes, puis la remit sur ses genoux, en frotta le fin revêtement en PVC. Il retourna la Carte dans tous les sens. Il n'en avait jamais vue *physiquement*, peut-être y avait-il un problème de batterie ? Il la secoua à son oreille, dans l'espoir étrange mais sincère de remettre en place une obscure machine dont on entendrait les boulons rouler.

- Euh...

Mais son objection se perdit dans l'agitation de six monologues intérieurs.

Et les cœurs repartirent de plus belle.

– Bon, donnez-moi ça, s'énerva Marc, qui s'étant resservi une part de tarte, parla la bouche pleine.

Mais quand il prit la carte entre ses mains, il manqua de s'étouffer.

Il chuchota à défaut de pouvoir parler.

Et comme personne n'était capable de vouloir l'entendre, il déposa la Carte sur la table, face contre ciel.

Sa sentence aux yeux de tous.

30

Dans l'agitation, Victor n'avait pas su distinguer convenablement les chiffres et leurs emplacements. En réalité, la carte affichait un résultat bien différent. Un verdict qui sonna comme une déflagration.

31

« Deux mois. »

Deuxième partie

1

Lola avait depuis longtemps cessé de demander conseil à ses proches. Ce n'était pas par dédain. Leurs avis avaient de l'importance (par-dessus tout, celui de son père) mais elle savait que lorsqu'un ami lui adressait des recommandations, il ne pourrait s'y préfigurer qu'avec *ses* ressentis, *son* vécu, *ses* névroses, et qu'en réalité, un ami devant un choix qui ne lui appartenait pas finirait par se conseiller lui-même. Et ainsi, les convives ne se fatiguèrent pas à argumenter. Couple Numéro Deux s'excusa mais il se faisait tard, et il devait rentrer. Couple Numéro Un, qui, il y avait trente-sept minutes, s'était juré la larme à l'œil de passer commande, proclama à haute voix que cette Carte c'était *n'importe quoi.* Ils emboîtèrent le pas au couple précédent, sans toucher ni Victor ni Lola, dernières recrues de la caste des laissés-sur-le-carreau.

Une fois sur le trottoir, ils marchèrent bras dessus bras dessous, heureux comme si leur voiture avait freiné à moins une d'un ravin de sept cents mètres de haut. Ils en étaient bêtement plus amoureux, soudés devant le malheur de l'*autre*, car la chute est un indéniable levier faisant s'élever le niveau opposé.

2

Victor demeurait persuadé qu'une balle l'avait touché en plein cœur. Il jurait avoir entendu le bruit d'une détonation. Il se sentait se consumer. Il n'avait pas respiré depuis que la Carte s'était retournée, sentence-face-contre-lui.

« Bon... Je crois qu'on va vous laisser... », avait dit Marc.

Il se rassit dans un spasme puis se releva (son corps lui sommait de rester), puis il attrapa le bras de Jeanne (Marc ne savait plus vraiment ce qu'il faisait), et leur tendit tout de même une enveloppe.

Victor, qui trouvait le moment franchement inapproprié (mais était-il capable de se formuler la moindre pensée ?), la posa sans l'ouvrir.

Mal à l'aise, Marc bredouilla qu'il s'agissait d'un week-end à Belle-Île-en-Mer, « pour qu'on fasse du bateau tous les quatre... Du coup, je vous laisse réserver assez... vite ? ». Mais les jambes de Jeanne s'étaient fléchies devant sa maladresse et Lola ne sut rien dire d'autre que : « T'inquiète pas, on ne dépassera pas la garantie. »

Alors ils serrèrent Lola dans leurs bras, embrassèrent Victor, attrapèrent leurs manteaux et partirent.

3

Le silence était venu se nicher dans les moindres recoins de l'appartement. Même les chaises semblaient prendre conscience de la gravité de la situation, respectant le deuil ambiant, n'effleurant pas même le sol quand elles rejoignirent leur table. On pestait des mois durant contre ces murs dont les parois nous forçaient à partager le repas des voisins, et lorsque l'on avait besoin de bruits ambiants, d'une présence, de la preuve qu'il existait un souffle quelque part, il n'y avait plus personne. Car il s'agissait bien d'un deuil. Un gong muet, un jugement à valeur décimale, qui avait décimé jusqu'au dernier espoir de bonheur de Victor et Lola.

Lola s'était crue forte. Les premières minutes, elle avait grandement lutté pour ne pas lui crier *je te l'avais dit*. Si elle était sincère envers elle-même, elle devait reconnaître que la catastrophe dont *il* ou *elle* était à l'origine (mais ce serait sans nul doute l'objet d'une conversation prochaine) lui avait fait ressentir une certaine sensation de contentement, là, au creux de son ventre. Conforme à la loi du chagrin, viendrait la distribution des points. Ainsi en allait-il de l'équilibrage des peines.

Elle entendit Victor vomir et chassa cette idée de sa tête. Certes, elle payait elle aussi le prix de son pied de nez. Et sa douleur était bien au-delà de ce que sa vengeance aurait pu exiger. Mais savait-elle encore vraiment de quoi elle voulait être vengée ?

4

Lola fit bouillir de l'eau et, pour cesser de s'entendre réfléchir, alluma la télévision. D'ordre général, elle détestait cette mélodie sous-jacente à la vie. C'était un bourdonnement continu, un moustique à l'oreille du soir au matin. Victor allumait son boîtier dès le petit-déjeuner, une radio ringarde tournait la journée durant à la boutique, et les ados à qui elle donnait cours ne voyaient pas l'intérêt d'éteindre leurs enceintes pour se concentrer. Elle ne pouvait trouver repos qu'auprès de Monsieur Lozachmeur, trop heureux de pouvoir lui prêter un peu d'espace au sein de son nouveau bureau. Il avait dû quitter son poste d'enseignant à plein temps pour maximiser ses revenus. Il s'en trouvait moins noble et réprimait une certaine sensation de honte, mais il était moins seigneurial encore de finir ses jours en maison de retraite. En vertu de son honneur donc, il mit son savoir à mi-temps au service de multinationales dont les algorithmes cherchaient à s'humaniser.

5

Lola pressa Victor de venir s'asseoir contre elle. Elle avait posé devant eux deux gros bols de thé brûlant. Les yeux rouges et l'eau au menton, il s'assit à l'autre bout du canapé (il n'était bien entendu pas si grand mais le contexte actuel faisait que l'écart qui régnait entre eux était aussi chaleureux que les rapports entre Moscou et Washington en 1983).

Ils avaicnt beau vivre la même tragédie, Victor ne bougea pas quand Lola lui tendit la main. Il était éteint. Mais il ne s'agissait pas que de cela. Il était en colère. À quoi bon tomber amoureux ?, pensait Victor d'un air lointain, puisque l'amour était une émotion insulaire.

Lola, défaite, établit le rapprochement physique d'elle-même.

- Non, reste loin de moi.
- Quoi ?
- Je t'ai dit : reste loin de moi.
- Mais ça va pas ?
- Je préfère me préparer.

Lola prit les mains de Victor.

- Regarde-moi.

Victor fit mine de se débattre, mais ses mains restèrent vissées entre les doigts de Lola.

- Tu ne vas pas te mettre dans un état pareil. Tu sais bien que l'on restera ensemble bien au-delà de deux mois, non ? Tu sais bien que c'est n'importe quoi, ce truc.

- Comment peux-tu dire ça ? dit-il en se dégageant de son emprise. Comment peux-tu dire que c'est n'importe quoi ? Tu as bien vu mon frère ! Tu as bien vu ce qu'en disent les journaux ! Tu as bien vu tout ce qu'en fait cette putain de planète !

- S'il te plaît... Calme-toi...

Mais Victor se leva et marcha dans l'appartement comme un animal ahuri, engoncé derrière ses barreaux. C'est un cauchemar... C'est un cauchemar... répétait-il, horrifié. Il n'était pas humainement possible d'être face à une telle injustice. Il aurait préféré qu'on lui arrache les doigts un à un, qu'on l'ampute littéralement de son talent, d'une partie de son ouïe, de la dernière parcelle de son ambition, même. Mais il ne pouvait pas admettre d'être sur le seuil de sa propre crémation. Car il était question de cela : il brûlait vivant.

« Je vais la fracasser », souffla Victor qui, attrapant la boîte de la *TimeWise*, la jeta contre le mur.

Face contre terre, l'étui en marbre retomba, couvercle brisé. Lola était restée silencieuse. Elle se leva pour le ramasser, jeta un regard à Victor, hagard, les yeux, les bras ballants. Fallait-il faire comme si de rien n'était ? Ignorer que par-delà le monde, des centaines d'individus revendiquaient le savoir absolu d'un calcul surgit on ne savait d'où, et qui avait droit de véto sur la durée d'un amour ?

Victor saisit la Carte et la tendit à Lola.

- Vas-y.

- Quoi ?

- Regarde les Catégories.

- Ça va pas !

– Regarde-les.
– Surtout pas. Je t'interdis de regarder ces fichues Catégories, Victor. Tu m'entends ?

Il alluma la Carte. Figurait sur l'écran de veille le chronomètre de Victor et Lola en temps réel. Il appuya sur l'écran tactile pour en venir au menu : « Retour de l'ex », « Belle-famille », « Finances », « Investissement personnel », « Vie intime », « Vie quotidienne », « Décès », « Nouvelle Rencontre ». Avant qu'il n'en sélectionne une, Lola lui attrapa la Carte des mains.
« C'est simplement hors de question. »
Elle monta sur le tabouret, la posa au-dessus du frigo. « Je ne vais pas te la confisquer. On n'est plus des enfants. Mais je te le demande solennellement, Victor. Si tu regardes ces trucs, on est foutus. »
À dire vrai, de nombreux utilisateurs s'étaient plaints des estimations de leur séparation : elles n'étaient pas infaillibles et la Catégorie la plus avancée ne correspondait pas systématiquement à la raison pour laquelle un couple finissait par se séparer. Elles étaient simplement précurseurs de tendances au milieu d'une Déchéance amoureuse-week ininterrompue. (Cela avait par ailleurs soulevé la colère de nombreux mathématiciens français qui réfutèrent l'échelle de ces opérations, mais cette polémique n'avait pas soulevé les foules.)

Victor promit de ne pas y toucher. Ils ne burent pas leur thé et allèrent se coucher.
La fête était gâchée.

6

Dans le lit, Victor s'enroula autour de Lola. Quand on ne sait plus comment dire les choses, les corps apaisent les mots.

- Qu'est-ce que l'on va devenir…
- Je sais pas Victor. J'ai besoin de réfléchir.

Victor décidait de respecter sa décision. Il devait mettre ses angoisses au service d'un idéal plus élevé. En l'occurrence, il devait se taire au profit de Lola. Cependant, les peurs sont parfois plus bavardes que la raison.

- Mais comment… dit Victor, se dégageant du corps de Lola (il allait la blesser et par conséquent, il ne pouvait la toucher).
- … comment tu as pu me faire ça ?
- Tu plaisantes ?

Mais il resta la tête tournée vers le plafond. Il n'avait pas besoin de réponse. Il n'avait d'ailleurs pas besoin de question. Il avait simplement ressenti le triste besoin de partager sa douleur, certain qu'elle puisse s'amoindrir fusse-t-elle partagée. Mais sa vindicte était l'écho d'un puits sans fond.

Lola prit son oreiller et partit s'installer sur le canapé.

7

Le plafond étant l'interlocuteur le moins dangereux d'une chambre, Victor conversa avec lui une bonne partie de la nuit, jusqu'à ce qu'il s'endorme, épuisé.

8

« Mon amour, je suis allé courir. Je pense que tu seras partie travailler lorsque je serai rentré. Je voulais te présenter mes excuses pour hier soir. Je sais que tu n'as pas cherché à mal. Et que c'est de ma faute. Tout est de ma faute. »

9

Quand il rentra de son jogging, il était pratiquement l'heure de déjeuner. Victor n'aurait pas su dire combien de temps il avait couru. En vérité, il était resté longuement assis dans le square de son quartier, à regarder les enfants en vacances, épuiser leurs pères, leurs mères, leurs baby-sitters, et à peu près toute espèce vivante pouvant leur courir après. Il avait peut-être fait trois fois le tour du parc à tout casser. C'était un coureur événementiel, qui ne s'en remettait à ses pieds que lorsque sa tête avait cessé de marcher.

Ce n'était pas que sa *situation* fût troublée : sa situation était catastrophique mais l'on savait à quoi s'en tenir. Il était on ne peut plus clair qu'il se trouvait au beau milieu d'un cataclysme émotionnel. Cependant, s'il voulait faire mentir cette satanée Carte, il fallait être unis.

En rentrant chez lui, il retrouva l'appartement habité par les événements passés. Les deux bols de thé remplis à ras bord et non débarrassés formaient les trois points de suspension de non-dits jusqu'alors inédits. Il regarda son téléphone. Lola lui avait répondu. Elle ne revenait pas sur l'incident de la veille et lui souhaitait une bonne journée. Trois lignes qui s'insufflèrent en lui comme un courant d'air glacial.

En marchant sur un bout de couvercle brisé la veille, il eut une idée. S'il existait un jugement dernier, il avait au moins le droit à une ligne de défense.

Elle était toute trouvée.

10

De manière générale, l'utilisation de la *TimeWise* devint taboue. Aussi, nombre de couples finissaient par se séparer sans que l'on sache qu'ils avaient chronométré leur histoire. Cela ne se disait qu'après, au détour d'un troisième verre, sous la forme d'une confession et derrière le pourpre des joues. (Puisque les amis proches ne sont jamais que les commentateurs sportifs de nos paris sentimentaux.) Il devenait impossible de dévoiler la durée de sa relation sans que cela n'entraîne une salve d'avis, de jugements, d'opinions positives ou dystopiques. Un an, cela serait suffisant pour concevoir et mettre au monde un enfant, mais ne valait-il pas mieux attendre de trouver un partenaire avec lequel la Carte aurait été plus clémente, et vivre des nuits plus longues ? Dix-sept ans était un très beau score : possibilité de fonder un vrai foyer, au prix de concessions et de joies sur le long terme. Mais l'achat d'un bien immobilier était-il raisonnable si le crédit moyen s'étalait sur vingt-cinq ans ?

Les données sentimentales des couples stars excitaient la presse généraliste comme people. Les directions du *Point*, de *Paris-Match* et de *Gala* s'étaient déclaré guerre ouverte, faisant des pieds et des mains pour se procurer les premiers la Carte de Brigitte et Emmanuel Macron. De grands journalistes américains avaient entrepris la même course avec le couple d'une candidate démocrate, spéculant sur les chances qu'elle avait de remporter les prochaines élections. Les banques réaménageaient leurs crédits immobiliers, offrant un taux avantageux aux clients dont le temps imparti excédait le quart de siècle, ou pour lesquels la Catégorie « Finance » indiquait un taux inférieur à vingt-neuf pour cent. Un employeur favorisait le CV d'un candidat bénéficiant d'une relation solide. Les animaleries vendaient un nombre record d'hamsters. Avec une espérance de vie de trois ans, ils représentaient un investissement affectif idéal pour les ménages à faible durée.

De surcroît, la solvabilité du couple s'immisçait jusque dans le cercle familial, pour qui tout partenaire pêchant en jauge « Belle-famille » échouait à son test d'éligibilité.

Chez les jeunes, l'utilisation de la *TimeWise* exerçait un pouvoir quasi ludique et, ne s'offusquant pas devant la durée limitée de leurs amours, les traitaient comme des Tamagotchis.

D'un accord tacite, Victor et Lola mirent la mort imminente de leur histoire en sourdine.

11

Sans proportions gardées, les deux mois à venir représentaient pour Victor une catastrophe nucléaire, un attentat intérieur constant. Un insupportable tic-tac interne faisait s'élever sa fréquence respiratoire au-delà du raisonnable. En attendant Lola, il tenta de faire passer le temps. Il tria le papier du verre, le carton du non-recyclable. Il distingua facture par facture tous les organismes, toutes les sociétés, toutes les administrations de qui ils avaient perçu ou à qui ils devaient de l'argent. Il réorganisa les lotions de la salle de bains par partie du corps. Enfin, la tête en boule de flipper, il s'efforça à sortir prendre l'air.

Il fit un tour de sa rue.

Au détour des Abbesses, il fut interpellé par un SDF dont la pancarte promettait un « conseil » contre une pièce de deux euros. Il déposa sa pièce sur son socle en carton et attendit solennellement comme on tire la langue vers l'hostie.

- Bonjour.
- Bonjour.
- Vous voulez un conseil ?
- Oui.
- Si vous êtes malheureux en amour, ouvrez un bordel.

– Pardon ?
– Si vous êtes malheureux en amour, ouvrez un bordel.
– C'est ça votre conseil ?
– C'est à prendre ou à laisser.
– Oui, j'avais compris.
– Merci.
– Mais vous ne voulez pas me dire quelque chose d'un peu plus... *mystique* ?
– Si vous êtes malheureux en amour, ouvrez un bordel !
– Vous vous foutez de ma gueule ?
– Les gens sont tellement obsédés par eux-mêmes qu'ils s'attendent toujours à ce qu'on leur dise un truc qui ne soient destinés « qu'à eux ».
– Oui, comme quand on donne un conseil.
– OK. L'amour est le miroir de l'âme.
– Mais c'est pas un conseil ça !
– Bon, foutez-moi le camp d'ici.

L'organisation stellaire est parfois capricieuse. Après s'être fait jeter par un sans-domicile fixe à qui il venait de donner de la monnaie, Victor fit le chemin inverse pour rentrer.

12

Chez lui, Victor se mit au piano. Il joua toute l'après-midi et oublia de manger.

Quand il s'aperçut que la nuit était tombée, il consulta son téléphone. Il affichait deux appels en absence.

Les parents de Louis avaient laissé un message vocal. Ils expliquaient que, traumatisé, leur fils avait besoin d'une pause. Ils étaient gênés de devoir lui expliquer la véritable raison de son départ, car Louis ne voulait pas arrêter le piano. En réalité, il avait découvert la Carte de ses parents et en avait été très perturbé. Leur séparation n'aurait pourtant lieu que dans quelques années, mais en avoir la certitude si jeune l'avait dévasté. Il avait perdu le goût de tout et des séances de psy remplaceraient ses activités du mercredi après-midi.

Victor perdit donc en une journée la moitié de ses élèves.

Il se demandait jusqu'où la *TimeWise* bouleverserait son existence lorsqu'il composa le numéro de la mère de Zoé. Madame Cadet l'avait appelé deux heures après, sans lui laisser de message vocal. Il en fut soulagé. Deux minutes ininterrompues de la voix de cette femme qui parlait en italique était au-dessus de ses forces.

– Oui, *allô* ?

– Bonjour, Madame Cadet. C'est Victor. Vous allez bien ? Vous m'avez appelé ?
– Non, nous n'allons pas bien, *Victor*.
– Il y a un problème avec Zoé ?
– Oui, il y a un problème avec *Zoé*.
– ...
– Elle est *trau-ma-ti-sée*.
– Oh, non...
– Oh, *si*.
– Elle est tombée sur votre *TimeWise* ?
– De quoi vous *parlez ?*
– Elle est tombée sur votre Carte... ?
– Je ne comprends *pas*.
– Vous...
– Bon, *écoutez*, ça fait quinze jours que Zoé nous joue *Vexations*, on n'en peut *plus*.
– Je...
– On a réfléchi. Et puis avec le p'tit... *retardé*..., bon, peut-être qu'il vaut mieux... *autre chose*...
– Mais...
– Désolée mais ce n'est plus possible. *Vexations* ! À une enfant de sept ans ! Vous savez que c'était un psychopathe, votre *Satie* ?
– ...
– Qu'il dormait avec des *parapluies* ?
– ...
– Bref. *Merci* Victor. À bientôt.

Victor ouvrit la fenêtre et, parmi les sept cent dix neuf millions de chewing-gums collés aux rues de Paris, cracha le sien par terre.

Il était fort probable que ce fût sa dernière façon de marquer la Terre.

13

Avant de fermer la boutique, Lola comptabilisa les cravates en vitrine. Elle fit le tour des tiroirs à pantalons. Il fallait qu'elle s'assure que tout était immaculé afin d'avoir la paix. Sa responsable était une bonne femme aigrie, dont la seule joie consistait à découvrir de nouvelles saveurs pour sa cigarette électronique.

Virginie savait pertinemment qu'il restait douze cravates en exposition. Elle les avait comptées elle-même. Mais l'idée de retarder le retour de Lola chez elle l'excitait. Personne n'attendait Virginie. (Par ailleurs, personne n'avait *jamais* attendu Virginie.)

Quand elle libéra Lola, elle lui fit un grand sourire. Elle ne s'imaginait pas à quel point Lola n'était pas pressée de rentrer chez elle. À vrai dire, elle avait pris un temps fou pour recompter tous les articles du magasin, étirant ses derniers moments à l'extérieur du chaos, aussi loin qu'elle le pût.

Durant la journée, elle était restée remarquablement silencieuse. Elle avait à peine esquissé un sourire à Paul, un client venant flâner régulièrement, mais qui avait le mérite de repartir les mains pleines. Elle n'était, de toute façon, pas très bavarde au milieu de ses nouveaux collègues. Bien que personne ne s'en souciât jamais, puisque derrière son comptoir de vente, Lola avait perpétuellement l'air en mode avion. Constance étant absente, elle n'avait donc pas prononcé un mot de la journée. Pas même à Victor à qui elle envoyait, dans des jours moins invraisemblables, au moins une pensée avant de rentrer.

Le néant de cette journée avait tout de même eu un mérite. Entre deux tailles de pantalons, elle fut soudain frappée par cette phrase de Nietzsche : « Les vérités sont des illusions dont on a oublié qu'elles le sont. » Elle fut rassurée par la possibilité qu'une vérité puisse être, plus qu'une manifestation intellectuelle, une situation physique de la pensée. Elle écrivit à son directeur de thèse pour lui demander son avis.

Ce dernier lui répondit dans la minute que c'était une problématique qui pouvait se travailler (car ses avis étaient à l'image de ses colloques, pétris de thèses et d'antithèses). Il resituait cependant son sujet dans l'œuvre du philosophe. « Il faut s'éloigner de la Vérité et se rapprocher de l'Idéal. »

Elle faillit lui répondre qu'il ne savait pas à quel point il disait vrai.

14

La solitude était une chose. La vacuité en était une autre. La première était une plage dont l'orage laissait à l'eau un goût à peu près agréable. La seconde un désert sans fin dont on sortait peu fréquemment, et où l'on rentrait souvent accompagné. Victor avait érigé un siège entre ces deux points. Mais il perdait pied. Il était, et cela bien simplement, sans forme, ni excès, *désespéré*. Puisque la vie matérielle était une preuve trop flagrante du vide de son existence (et il faut dire que ses perspectives d'avenir étaient dans l'immédiat peu prometteuses), il se mit à se débarrasser de la plupart de ses vêtements. Il rangea dans un carton ses quelques souvenirs d'enfance (il ne connaissait de paradis perdu sinon Lola), une paire d'écouteurs en trop, et d'autres objets qui avaient gardé leur valeur et qu'il aurait tout à fait pu revendre. L'accumulation de babioles qui lui avaient été offertes et qui, soudain, étaient devenues *sa* possession, l'étouffait ; on pouvait imaginer que quiconque exprimait l'envie de prendre part à un vide-grenier traversait une grave crise existentielle. Il avait tout descendu dans sa cage d'escalier, et l'offrait au premier venu.

« Avoir » lorsque l'on avait tout perdu ne rimait à rien.

15

Quand Lola rentra chez elle, elle cria. Elle trouva Victor debout, juste derrière la porte. Il semblait l'avoir attendue de longues minutes dans cette position. Ou cela faisait-il des heures ? Il l'embrassa, l'entraîna vers la chambre, et ils s'y étreignirent avec une certaine violence. Cela était pour le moins inattendu compte tenu des événements de la veille. Lola s'était attendue au soliloque inquiet d'un amoureux. Elle s'était employée, la journée durant, à préparer des arguments pour rattraper les doutes de Victor. Mais en lieu et place d'un discours de condamné, Victor caressa longuement l'échine de Lola. Il le fit jusqu'à ce que sa peau, rompue à l'étreinte, cessa de frissonner.

– Je refuse que l'on s'enlise dans le quotidien.

– Mais je l'aime, notre quotidien.

– Vraisemblablement, ce que l'on a vécu jusqu'ici n'est pas... *bon*... pour nous.

– Tu ne crois pas qu'il faudrait arrêter d'en parler ?

– Comment veux-tu ne plus en parler ? Tu en as le courage toi ?

– Oui. Je change de conversation dès que les gens parlent de... *ça*. J'évite le sujet.

– Tu préfères que l'on se fasse la surprise ? Coucou, ça fait deux mois, oh ça y est on se quitte !

– Tu vois bien que l'on s'aime, Victor. On ne va pas se désaimer en deux mois.

– De toute évidence, il se passera quelque chose qui provoquera notre séparation. C'est prouvé. Je te laisse consulter le panel des utilisateurs. Les avis sont positifs à cent pour cent.

– ...

– Enfin positifs...

– Bon. Refaisons l'amour.

16

Mais Victor était sérieux. La Carte avait fait de l'amour une science exacte. Il n'existait pas de fin alternative. Jamais un couple n'était venu témoigner d'un résultat qui se serait avéré erroné. Le simple fait de connaître la fin de son histoire d'amour était un précipice vers le chaos. Chaque bonheur étant rongé par la vérité irrémédiable qu'il ne s'éteigne bientôt.

L'excommunication de sa plus pure (et sa plus seule) joie lui était insupportable. Lola, qui fut pour le moins secouée par toute cette histoire, fit donc une deuxième fois l'amour à Victor. Mais cela n'empêcherait rien. Et les jours, destinés à s'écouler, se transformeraient en un long plan fixe dont seul le mobilier émotionnel pourrait fluctuer. Il aurait pu se consoler, admettant que la mort (clinique, puisque la mort figurée de Victor était véritablement enclenchée) restait, elle, au moins imprévisible, mais cela n'était plus même exact depuis qu'elle figurait parmi les Catégories que mettaient à disposition la TimeWise Company. Il cessa de respirer un instant, et ferma les yeux. Aller de la vie à la mort n'était finalement plus qu'un simple ajustement de lumière.

17

Victor revint sur son idée. Si leur histoire était bel et bien destinée à périr, alors le temps aura eu raison d'eux. Plus précisément : deux mois auront eu raison d'eux. Ils avaient deux mois pour trouver, avant que l'horloge n'ait raison, le motif de leur rupture.

« Tu fais ce que tu veux. Mais je ne veux pas de ces fichues Catégories », avait ré-insisté Lola. Mais Victor ne voyait pas ce qu'il pouvait avoir fait qui précipite son dévouement et sa fidélité dans les reproches et la réprimande. Il s'était « désabonné » de toutes ses ex. Il n'en avait même remercié aucune lorsqu'elles lui avaient souhaité son anniversaire. Quant à Lola, elle n'avait littéralement rien à se reprocher. Non, leurs attitudes avaient été honnêtes, justes, modérées. Et aucun de leurs comportements, de leurs avis, de leurs pensées intérieures, même, n'avaient entaché le premier centimètre de la pleine satisfaction qu'ils avaient à être ensemble.

Du moins, jusqu'ici.

– Très bien, fit Victor. Je vois très bien. Nous allons faire autrement.

– ... Je t'écoute...

– Nous allons provoquer notre rupture.
– Va vraiment falloir arrêter maintenant.
– Pas du tout. Nous allons nous donner des raisons de rompre *avant* les deux mois impartis.
– ...
– Comme ça, dans deux mois, nous aurons déjà eu le temps de nous disputer.
– Je ne comprends pas.
– On n'aura plus rien à craindre si l'on a provoqué tout ce que l'on aurait pu craindre... en quelque sorte...
– Je n'ai aucune envie de me disputer, mon amour.
– Et je ne veux plus de « mon amour ».
– Mais ça va pas.
– C'est pour notre bien.
– Mais... Mais je ne veux rien de tout ça. Je ne veux pas te tromper !!
– Qui t'a parlé de tromper ?! On peut commencer doucement.
– ...
– Fais-le pour moi.
– ...
– Engueule-moi...
– ...
– Montre-moi que tu m'aimes...
– Mais tu veux que je te dise quoi ?
– Tout. Tout ce qui t'énerve.

Mais Lola n'avait rien à lui envoyer au visage. Pour la bonne et simple raison que la moindre de ses actions n'avaient d'utilité que de se tourner vers *ce* visage précisément. Elle aimait ce nez, ces joues, ce front, elle n'avait aucune envie de les froisser. Toutes ses pensées étaient un film dédié à sa mémoire.
– Je suis désolée mais je n'ai rien à te reprocher.

– *Toi*, tu n'as rien à me reprocher ?
– Quoi, moi ? *Tu* as voulu ce pétrin. Je suis désolée, mais je ne peux pas t'aider. Crois-moi, je l'aimerais. *Mon amour.*
– Très bien...
– Allez...
– Tu chantes très mal sous la douche.
– Pardon ?
– Je te laisse chanter sous la douche. Car je sais que ça te fait plaisir. Et j'entends très bien comme tu es satisfaite avec l'écho. Donc je ne dis rien. Mais vraiment. C'est horrible. Inaudible.
– ...
– Franchement. Ça me donne envie de me taper la tête contre les murs.
– Bon, ça va, j'ai compris.
– Très bien.
– Bon.
– Alors ?
– Eh bien...
– ...
– C'est pas facile...
– Allez..., l'encouragea Victor.
– Je n'ai rien à dire au niveau de la cuisine, vraiment, tu es irréprochable...
– Merci..., répondit Victor à moitié satisfait.
– Mais quand j'y réfléchis...
– ...
– Pour l'hygiène...
– Je vois pas où est le problème, la coupa immédiatement Victor. Je prends ma douche tous les jours.
– C'est tes chaussettes.
– ...

– Je ne sais pas ce que tu as avec tes chaussettes. Je te vois les renifler chaque matin pour savoir si tu peux les porter.
– Et alors ?
– Tu ne peux pas en changer tous les jours comme tout le monde ? Je ne sais pas, il existe un baromètre de l'odeur qui t'indique si tu peux les remettre ?
– ...
– C'est vrai que maintenant que j'y pense...
– ...
– Je trouve aussi que tu conduis plutôt mal...
– De quoi tu veux parler ? Tu n'as pas ton permis, avait-il répondu sèchement.
– Tu deviens limite *raciste* au volant. On dirait un Texan.
– Mais ça va pas...
– Tu dis aussi « qu'on doit » au lieu de « qu'on doive »... Alors ça, ça me tue...
– Pardon ?
– Comme dans : « C'est triste qu'on doit » ! C'est « c'est triste qu'on doive » ! « C'est triste qu'on doive » !
– C'est fini ?
– Et ton accent anglais me donne envie de me buter.
– Bon allez, ça suffit, avait-il dit excédé.
– Tu vois...
– Bonne nuit.
Victor se dégagea des bras de Lola et mit le doigt sur l'interrupteur.
– Et je n'ai plus d'élèves, avait-il dit en éteignant la lumière.
– Pardon ?!, s'étrangla Lola, la rallumant.
– J'ai perdu mes élèves aujourd'hui.
– J'espère que c'est une blague, Victor. Tu sais très bien que l'on arrive à peine à s'en sortir. Je n'ai pas envie de plaisanter avec ça.
Mais Victor ne dit rien.

– Mais enfin, c'est pas vrai. Tu sais que j'ai pris un mi-temps en plus de mes cours et de ma thèse, tout ça parce que tu n'es pas foutu de *vouloir* te trouver un travail !

– Nous y voilà..., dit Victor, qui, s'il l'avait pu, se serait frotté les mains, mais Lola s'était retournée.

18

Aux deux extrémités du lit, ils étaient l'un et l'autre comme sur le rebord nord et sud d'une plaque sismique incertaine. Leur équilibre vacillait. Son plan marchait à merveille.

Ou presque.

19

La propension humaine à s'auto-saboter est si importante que le but de la vie n'est finalement peut-être pas le bonheur, pensa Victor. Dans son travail de réajustement donc, il entreprit de mettre le doigt sur tout ce qui n'allait pas. Un habit qui traîne ? Si c'était le sien, il s'arrangeait pour qu'il soit mis plus en évidence encore. S'il appartenait à Lola, il ne manquait pas de le lui reprocher. Le rythme de leur vie conjugale vivait sous le glas de la propreté, du rangement, des listes de courses. La vie à deux était devenue une ardoise du protocole amoureux.

Il semblait cependant à Victor qu'au lieu de déceler toute source potentielle de danger, il n'avait fini par créer qu'une sorte de lassitude. (Pour minimiser les remontrances, Lola avait fini par porter le même jean tous les jours, et il regrettait ses jupes.) Il passa sa journée résigné. Puis il dérogea à la première promesse qu'il s'était faite après la déflagration de son anniversaire.

C'était la certitude qu'il tombe nez à nez avec le cœur de ses angoisses.

Il alluma la télévision.

20

En ouverture de ses titres, un parti politique de droite entamait son processus de récupération. Dans le but d'instaurer une identification « horaire » du couple comme une carte d'identité de leur solvabilité, ils plaidaient l'obligation du port de la Carte pour toute démarche administrative et conjugale : achat, mariage, adoption, inscription dans les établissements scolaires.

Et sa tristesse repartit de plus belle.

21

Dans l'après-midi, Lola prévint Victor qu'elle devait aider Constance et qu'elle rentrerait plus tard que prévu. C'était un mensonge. En réalité, Lola avait bien quitté le travail. À 17 heures, elle s'était attablée au fond d'un café, soulagée.

Rassembler ses idées devant le carnaval de reproches de Victor était au-dessus de ses forces. Elle sortit son matériel pour se mettre à écrire et se raccrocha à l'image de son père. Ses tergiversations lui avaient fait perdre un temps fou, mais une respiration nouvelle s'était insufflée dans son esprit. Et l'urgence de l'écriture s'était finalement manifestée à elle. À dire vrai, elle ne savait même pas par quoi commencer.

22

La journée de Victor bascula vers la soirée sans qu'il ne s'y passe rien. Il était resté devant son écran des heures durant, plongé dans un spleen infini, un dimanche interminable. Il sentait bien que Lola le fuyait. Mais cela n'était-il pas normal ? Le temps qui coule n'a jamais manqué un jour de travail.

Il laissa passer une heure de plus, parfaitement extrait de la réalité, lorsque s'abattirent contre l'un des murs de son appartement, un afflux, un débordement, que savait-il, un *déferlement* de larmes.

Il tendit l'oreille. Mais il était proprement impossible de distinguer la provenance de ces sanglots. Étaient-ils issus de la gorge d'une femme, d'une jeune fille, d'un enfant ? Il tendit l'oreille plus encore.

Les larmes – ou plutôt s'agissaient-ils de longues plaintes saccadées, de cris du cœur jetés d'une cascade qui auraient ricoché – reprirent plus fort encore.

Mais il était toujours parfaitement incapable de les localiser.

La jeune femme (il l'avait remarqué après qu'elle se fut heurtée à une note que sa voix de mezzo-soprano ne pouvait assumer) ne cessait de pleurer. Tant et tellement que Victor toucha sa propre joue (mais elle était sèche) – sans savoir qu'au même moment, Lola venait d'esquisser le même geste (mais elle était mouillée).

Puis, la complainte s'était arrêtée aussi brutalement qu'elle était arrivée.

Et Victor reprit le cours de son propre chagrin. Puisque le cœur ne peut faire autrement que de se servir en premier.

23

Cela avait commencé à s'immiscer dans son esprit il y a quelques jours. Une pensée subreptice devenue obsessionnelle. Précisément depuis que Lola s'était mise à porter ce satané jean sorti d'on ne savait où, et qu'il n'avait plus vu depuis la découverte de la photographie de ce safari où son idiot d'ex l'avait emmenée.

Car après tout, *qui* pouvait lui promettre qu'elle ne le croiserait pas dans la rue, complètement par hasard ? Et qu'ils prennent un café, s'extasiant précisément de *ce* hasard ? Puis qu'ils rentrent chacun chez eux, déboussolés ? Pour finir par tout quitter, si troublés qu'ils fussent par ces retrouvailles ? Ce n'est pas que le savoir donne le pouvoir. C'est que l'ignorance provoque la psychose.

Ainsi, l'hypothèse de Victor se transforma en un scénario plausible. C'était une fin admissible. Elle avait vécu une histoire mouvementée avec ce médecin vietnamien au patronyme d'acteur porno. (Victor le méprisait.) À l'heure qu'il était, il devait être en train de sauver des vies, dans un hôpital ou une ONG parisienne avec un sex-appeal à la Tony Leung. Il était tout à fait le genre d'homme à avoir réussi sa vie, tout à fait le genre d'homme à passer la porte d'une de ces boutiques pour laquelle travaillait Lola.

C'était dans cet état d'esprit que Victor avait saisi le tabouret et l'avait placé contre la porte du frigo. Il monta dessus et attrapa la Carte, posée à même l'appareil tel un calendrier des pompiers. Il l'alluma et fit le chemin électronique formellement interdit par Lola. Il ne regarderait qu'une *toute petite* Catégorie. Et ce serait tout. Il avait besoin de se rassurer ou il deviendrait fou.

Il cliqua sur « Retour de l'ex ».

24

Il n’était pas sûr d’avoir bien fait.

25

Vers 21 heures, Lola poussa la porte de chez elle. Elle se sentait mal à l'aise d'avoir menti à Victor. Cela était d'autant plus triste qu'elle fuyait désormais le lieu où, il y avait si peu encore, ils avaient été si heureux.

Ils se regardèrent longuement. Il était invraisemblable d'être en conflit avec le Temps. Cette histoire leur faisait faire n'importe quoi.

Il fit un premier pas vers elle et elle en fut soulagée. Ils ne pouvaient être ennemis. Ils devaient être ensemble.

- Tu me manques...
- Toi aussi...
- C'est n'importe quoi...
- Mais oui...

Lola reçut ces mots comme une délivrance. Victor retrouvait la raison, se rassurait-elle. Ils reprendraient le cours de leur vie telle qu'ils l'avaient toujours connue (*aimée*) et peut-être même un petit mieux que cela, du moins, elle l'espérait.

- C'était une erreur, reprit Victor.
- Oui...
- Je suis vraiment désolé...

– Non, arrête...
– C'était une très mauvaise idée...
– C'est moi qui suis désolée...
– C'était idiot de créer des problèmes là où il n'y en a pas...
– Non, c'est moi...
– Alors que... enfin... on a perdu du temps...
– Oui..., soufflait Lola et elle s'approchait de lui pour l'enlacer.
– J'ai tourné le problème dans le mauvais sens...
– Qu'est-ce que tu veux dire ?
– Que je me suis trompé sur toute la ligne. Il faut venir à bout de problèmes potentiellement *existants*. De choses réellement menaçantes.
– ...
– Comme dîner avec ton ex, par exemple.
– Dîner avec mon ex..., souffla Lola, désespérée.
– Je veux simplement *anticiper*.
– Ce n'est pas ce que l'on vient de faire ces derniers jours ?
– Je ne te parle pas de disputes. Je te parle de situations.
– Qu'est-ce que tu as vu, Victor ?
– Quoi ?
– Fais pas l'innocent. Je te connais.
– ...
– Bon, je vais me coucher.
– Treize pour cent.
– Pardon ?
– ... De « Retour de l'ex ».
– ...
– J'ai vu treize pour cent de « Retour de l'ex ».
– C'est une blague ?
– Non.
– Qu'est-ce que tu as vu d'autre ?
– C'est tout ce que j'ai regardé.

– Victor.
– Je te promets.
– Mais qu'est-ce qui t'a pris ?
– Une intuition...
– Et alors ?
– Et alors, il y a treize chances sur cent que l'un de nous se remette avec son ex.
– Et qu'est-ce que tu veux que j'y fasse ?
– Que tu passes la soirée avec ton ex.
– Pardon ?
– Je ne plaisante pas.
– Tu veux vraiment que je passe la soirée avec mon ex ?
– Oui.
– Mais à quoi bon ? J'en ai rien à faire de lui.
– Qu'est-ce que tu en sais ? Tu as passé un an avec ce mec.
– Mais c'était il y a mille ans !
– Exactement. Les choses pourraient être différentes.
– Mais je n'ai aucune envie de voir Long, moi, Victor !
– Justement, tu n'as pas envie de voir Long. Parce que tu penses au Long de ton passé. Mais qui me dit que le Long d'aujourd'hui pourrait ne pas te plaire ? Hein ? Le Long d'aujourd'hui ?
– Mais tu dérailles.
– Si tu croisais Long dans la rue tout à l'heure, tu changerais de trottoir ?
– Non.
– Tiens donc. Et qu'est-ce que tu ferais ?
– Euh... Je lui dirais bonjour.
– Traverserais-tu *spécifiquement* la route pour pouvoir le saluer ?
– Mais j'en sais rien...
– Voilà.
– Quoi voilà ?

– Donc tu peux très bien l'inviter à dîner.

– Non. Et je n'ai *aucune* envie que tu passes la soirée avec une ex.

– Réfléchis. S'il ne se passe rien, alors nous serons tranquilles. Et nous pourrons continuer à chercher pourquoi il nous reste sept fichues semaines.

– Mais Long est retourné vivre à Hô Chi Minh-ville !

– Et on peut savoir comment tu le sais ?

– À ton avis..., avait répondu Lola jetant un œil vers l'écran de son ordinateur.

– ... Et Alexandre ?

– J'avais onze ans !

– Et alors ?

– Tu vas trop loin, Victor.

Lola rangea l'assiette et les couverts que Victor lui avait sortis il y avait de cela deux heures, enterrant la dernière possibilité d'une conversation constructive.

– Très bien. Alors j'irai dîner avec Sophie.

– Il est hors de question que tu ailles dîner avec Sophie, avait-elle dit si catégoriquement que même ses mots avaient croisé les bras.

– Que veux-tu que je te dise ?

– Mais tu n'en as jamais rien eu à *cirer* d'elle.

– Il faut bien que quelqu'un s'y colle.

– Tu penses vraiment que l'on a quelque chose à craindre de *Sophie* ?

– C'est la seule femme que j'ai fréquentée plus ou moins régulièrement avant de te connaître. Donc je ne sais pas si l'on a quelque chose à craindre d'*elle*, mais je vais tout de même l'inviter à dîner.

– Mais..., avait rétorqué Lola sans trop d'arguments encore, elle devait le reconnaître. La seule chose que tu as aimée chez elle, c'est qu'elle te fasse la cuisine.

– ...

– Tu m'as toi-même dit que tu ne savais plus comment t'en débarrasser.

– ...

– Qu'elle était un poids. Que tu ne l'emmenais nulle part. Qu'elle te faisait des scènes pour te voir.

– Ce n'est pas faux.

– Alors...

– Je ne veux prendre aucun risque.

Ce n'était pas que Lola exécrait Sophie. Elle lui était aussi insignifiante qu'un tapis d'évier. Elle aurait d'ailleurs pu la porter dans son cœur : d'une façon ou d'une autre, son passage à travers l'existence de Victor l'avait façonné, peut-être même défini un peu. Elle calma son emballement et lui fit un grand sourire. Tout ce qu'elle savait de cette femme finalement fut l'amour qu'elle avait des selfies en cabines d'essayage. Comment Victor pourrait supporter de s'imposer ne serait-ce qu'une minute de tête-à-tête avec un filtre Snapchat ? Il était irrationnel d'y accorder une pensée de plus. Elle leva les bras au ciel et, consternée, partit dans la chambre à coucher.

26

Victor s'assit devant le frigo et ressentit une pointe à l'abdomen. La porte connectée faisait apparaître des photos, des tickets de théâtre, de cinéma, des billets de train, que jadis l'on accrochait sous des aimants contre une porte réfrigérée et qu'aujourd'hui il suffisait de scanner. Une photo de Lola et lui, enlacés, à l'anniversaire de Couple Numéro Deux. Puis, une photo de lui, prise par ses copains à une soirée, quelques jours après sa rencontre avec Lola, s'était affichée sur l'écran d'aluminium. Il était défait devant ces images. Tout son visage transpirait la confiance du soi. Il aurait tout donné pour revenir à ce jour où il était non seulement plausible, mais certain, que tout était possible. La nostalgie donne souvent mauvaise mémoire. Mais une dernière photo de vacances poussa Victor à s'obstiner encore un peu.

27

Il vint s'allonger aux côtés de Lola et la caressa mais elle ne dit un mot, incapable de produire le moindre son en période de conflit. Elle souhaitait réfléchir avant de parler et la dispute était une pratique qui faisait du bruit. Par ailleurs, elle était trop à cheval sur la notion d'*absolu*, trop convaincue d'un *idéal*, pour que leur querelle ne l'ait pas abattue. Quant à Victor, il était anéanti, mais la mise à l'œuvre de son opération sauvetage avait déclenché chez lui une vivacité qu'elle ne lui avait plus connue depuis leurs débuts. « Nous triompherons, mon amour », lui dit-il, comme s'il avait décidé de s'imputer la responsabilité de son entière douleur. Ils décidèrent de laisser au lendemain les tenants et aboutissants de leur tragédie. En décalant le débat, peut-être, pourraient-ils passer leur nuit emmêlés, conservant l'illusion que cela pourrait s'annuler. En s'extrayant du concret, ils se souhaitèrent bonne nuit. L'Idéal à mi-chemin entre l'utopie et la réalité. Exactement à sa place.

28

Le matin, elle avait déjà descendu deux étages lorsqu'elle décida de revenir sur ses pas. Treize pour cent. C'était déjà dix fois plus qu'elle n'aurait pu l'imaginer. Si Victor tenait à mettre son plan en exécution, s'il décidait de dîner avec son ex, il était hors de question qu'elle reste sans rien faire, à prier pour qu'une cuisinière de camping ne soit à l'origine de sa séparation. Elle lui prit la main pour le réveiller.

– Je voulais te dire que tu avais raison.

– Quoi... ?

– Il vaut mieux mettre toutes les chances de notre côté.

– Oui...

– C'est pour cela que je vais sortir avec Paul.

– Pardon ?

– Ce n'est pas la même chose que de dîner avec un ex, je sais... Mais... il faut équilibrer les risques.

– C'est qui ce Paul ?, demanda Victor le cœur froissé.

– Un client du magasin.

– Tu ne m'en as jamais parlé, avait-il répondu sèchement et parfaitement réveillé.

– Il n'y avait rien à dire.

– Et alors ?
– Eh bien, il passe souvent...
– Et ?, dit-il laconiquement pour garder la face (mais les dix mètres de long de la face de Victor avaient déjà touché le sol.)
– Je vois très bien que je lui plais.
– Mais il te *plaît* ?
– Non...
– Réponds-moi.
– Je... Je ne sais pas.
– Tu te fous de moi ?
– Bien sûr qu'il ne me plaît pas, s'était repris Lola. Mais ça faisait longtemps...
– Ça faisait longtemps que quoi ?, avait demandé Victor.
– Qu'un homme ne m'avait pas fait de rentre-dedans. Voilà.
– Voilà ?!
– Voilà.
– Mais tu veux coucher avec ce Paul ?!
– Mais pas du tout. C'est pour désamorcer.
– Mais qu'est-ce que tu veux désamorcer ?!
– Écoute, je me contre-fiche de mes ex, je ne travaille qu'avec des femmes, la majorité de mes élèves sont au-dessous du seuil de la majorité et mon directeur de thèse à soixante-seize ans. Si je fais ça, c'est pour toi. Voilà.

Et elle quitta l'appartement une bonne fois pour toutes.

29

Quand il fut seul, Victor tenta par tous les moyens de ne *pas* ruminer. Mais il avait déjà tout rangé. Tout nettoyé. Désamorcer ? Mais désamorcer quoi ? Et surtout, désamorcer *qui* ? Oui, qui était ce Paul qu'il fallait *désamorcer* ? Une bombe se désamorçait, un fusil se désamorçait, mais on ne désamorçait pas un *homme*. Victor savait qu'il s'agissait de son idée. Mais maintenant qu'elle s'apprêtait à se concrétiser, il agonisait. Il se promit cependant de gérer cette angoisse seul. Jusqu'ici, partager ses inquiétudes n'avaient fait qu'étendre leur territoire. Il sortit son téléphone et lui demanda la définition suivante.

Désamorcer : Empêcher une action de se produire et, en particulier, d'évoluer vers une situation dangereuse ; neutraliser.

Neutraliser. C'était exactement ce que comptait faire Victor. Il s'arma une seconde fois du tabouret et le plaça contre la porte du réfrigérateur. Il saisit la Carte et balaya son menu. « Retour de l'ex », « Belle-famille », « Finances »...

Fallait-il réellement qu'il existe tant de raisons qui ne justifient l'épilogue d'un amour ?

30

Le fait qu'ils s'apprêtent à passer une soirée séparés à potentiel romantique n'était finalement pas ce qu'il y avait de pire. Le problème était ailleurs. L'identité de Lola et Victor avait été de vivre *avec* le cœur de l'autre. Et voilà que ces cœurs subissaient des variables d'ajustement ; qu'en dépit de tout ce qu'ils s'aimaient, ils visitaient un passé et un futur dans lequel l'autre n'existait ou n'existerait plus. Le conditionnel de leurs échanges était d'une violence inouïe. Il fallait prévenir pour guérir ? Très bien. Lola se ferait un malin plaisir de répondre aux sourires de Paul. Elle était sûre qu'à la seconde où il percevrait une ouverture, il l'inviterait à sortir. Il n'attendait que ça. Et s'il ne se décidait pas, elle le ferait d'elle-même. Quant à savoir s'il lui plaisait vraiment, c'était une question qu'elle aurait trouvé tout à fait incongrue il y avait de cela une conversation à peine, mais tout de suite, elle se laissait divaguer. Quand on perdait sa raison de vivre, on perdait le sens de tout. Et les mots qu'ils venaient d'échanger formaient à eux seuls un pays dont on ne revenait pas.

31

Lola passa sa matinée dans le brouillard sans même faire semblant d'aller bien. Quant à Victor, il marcha des heures au parc, désespéré, sans se rendre compte qu'il en avait oublié d'accélérer. Elle regretta de ne pas pouvoir s'épancher auprès de lui. « Les non-dits se paient toujours à plein tarif », lui avait souvent dit son père. Lola admit tout de même qu'il était définitivement plus sage de se taire, et rumina en elle-même.

32

Il est des gens qui traversent nos vies comme des menus de restaurant. Ils étaient fort sympathiques mais on était bien incapables de lier à leurs souvenirs la moindre arche narrative. Cela avait été le cas avec Sophie.

C'était honteux mais Victor était pratiquement incapable de s'expliquer les conditions exactes de sa percée dans sa vie. Il était ennuyé à l'époque par une jeune femme, insatisfaite de la sporadicité de leurs entrevues. Sophie était rentrée par la petite porte, subtilisant une compagnie trop lourde, en proposant une autre. Ils s'étaient fréquentés. Il était plaisant de voir une femme dont la plus grande qualité fut qu'on s'accommoda très vite de sa présence. (Le besoin d'affection était alors l'analgésique de sa lucidité.) Ce n'était pas que Victor fût de ceux que l'on rangeait parmi les *coureurs*. Il s'était pour ainsi dire éduqué seul, avec la force de vouloir tout connaître. Il en était allé des femmes comme il en fut pour la musique. Ils n'avaient pas eu de grands échanges intellectuels. Elle aurait par ailleurs pu lui expliquer la théorie de la relativité ou l'origine de la *Mélodie hongroise* de Schubert, qu'il aurait eu la flemme de lui poser la moindre question.

En vérité, Victor s'était plu à embrasser Sophie comme il aurait pu aller au cinéma ou partir se promener. L'addition de ses baisers était somme toute égale à l'obtention d'un pass-musée : tout à fait distrayante, et bien moins chère. C'était horrible à dire (il ne s'en ouvra d'ailleurs à personne) mais quand, après de multiples scènes, il en fut enfin débarrassé, il ressentit une joie d'une rare intensité.

33

La révolution esthétique de Sophie s'était produite bien après avoir été quittée par Victor. Elle avait d'ailleurs été tentée de lui dire *ce n'est pas pour toi*, quand il eut peine à cacher sa surprise devant son carré platine. (Pour tout dire, son départ ne provoqua chez elle pas la moindre envie de changement capillaire.) Il se leva gauchement et la serra dans ses bras. « Tu es resplendissante », lui avait-il dit sans trop y croire, mais Sophie avait toujours eu un faible pour les compliments. Dans l'oreille d'un vaniteux, une flagornerie n'est jamais feinte.

« Tu aimes ?

- Beaucoup... »

Ils s'absentèrent une seconde de cette vie pour se regarder l'un et l'autre. Il était évident que Victor eût été un homme complètement différent s'il avait choisi de rester aux côtés de cette femme. Il regardait la chaise libre à ses côtés, soulagé de ne pas habiter cette réalité parallèle qui la lui aurait fait occuper.

- Comment tu vas ? C'est fou ce que tu as bonne mine !

- Merci... Et toi ? Ça a l'air d'aller, dit Sophie la voix pâteuse (et pas du tout bonne mine).

– Oui, vraiment très bien. Très, très bien. Tu travailles toujours dans ta boîte de cosmétiques ?
– Oui, oui…
– Alors, c'est toujours sympa ? Tu étais heureuse là-bas, je crois…
– Oui, j'aime bien mon équipe. Ils lancent une marque de fond de teint connecté, donc c'est un peu l'effervescence.
– Ah oui ? Oh, c'est génial ça ! Vraiment génial. Connecté comment ?
– … Eh bien, le fond de teint s'adapte à la peau suivant la lumière…
– Il change de couleur ?!
– Oui.
– Mais c'est vraiment incroyable !
– Euh, oui…
– Je suis content pour toi !
– Merci…
– Et ton chat, ça va ?
– Oui…
– Comment il s'appelle déjà ?
– Boulette…
– Boulette…
– Excuse-moi Victor, mais je te trouve très bizarre…
– Ah… bon ?
– Tu es tellement enjoué…
– …
– Excuse-moi de te dire ça, mais on dirait que tu as un trouble de la personnalité.

Victor savait parfaitement pourquoi elle lui disait *ça*. Il n'avait jamais démontré le moindre enthousiasme en quatre mois de relation. Elle aurait pu décrocher le prix Nobel de l'invention cosmétologique qu'il lui aurait décoché un sourire tout au plus.

« Oui, tu as raison. Ça ne va pas du tout.

– Ah, tu me soulages. Moi non plus... »

Elle voûta son dos, posa un coude sur la table, relâcha son ventre (mais cela ne se voyait pas, pensa-t-elle) et poussa un long, très, très long, très désespéré soupir.

34

Sophie ne représentait définitivement aucun danger.

35

Les deux heures qui s'en suivirent furent probablement les plus longues de la vie de Victor.

Il songeait à Lola, assise face à un homme qu'il ne connaissait pas, et s'il l'avait souhaité maintes fois (pour diverses raisons mais cela était un autre débat), il ressentait en l'occurrence une très ferme, très *authentique*, envie de mourir.

Il regarda son téléphone à un moment propice de la conversation. Pas de message. Il multiplia cette action un grand nombre de fois, mais rien, non, toujours pas un seul message de Lola. Enfin, au beau milieu d'une phrase de Sophie (mais les phrases de Sophie avaient-elles de toute façon une fin ?), il se décida à lui écrire de lui-même.

Il se relut et le regretta.

Puis, il s'excusa un moment pour sortir prendre l'air.

36

En se préparant pour son rendez-vous avec Paul, Lola s'était empêchée de penser à Victor. Penser à l'autre, c'était laisser une partie de soi-même voyager vers la personne aimée. Et il était hors de question qu'un centimètre de son esprit transite vers lui, assis à une table avec une autre. Et cela même s'il s'agissait d'une instagrammeuse de plans de table.

Avant de quitter la boutique pour le rejoindre au bar d'à côté, elle s'était longuement regardée. Elle s'était trouvée idiote, complètement idiote, affligée. Elle était en colère contre Victor. En colère contre elle-même. La situation la dépassait complètement, si bien qu'elle eut l'impression de nager dans une mer sans surface ni fond. Elle ne respirait pas, elle perdait pied.

37

Lorsqu'il était rentré pour la seconde fois dans la boutique de la rue Haussmann cette semaine, Paul avait bien senti qu'il s'agissait d'un jour particulier. Premièrement, son manager l'avait félicité devant tout le monde en réunion pour célébrer ses excellents chiffres. Deuxièmement, son patron l'avait invité à déjeuner pour discuter de son avenir au sein de la société. Troisièmement, le pressing avait accepté de lui prendre sa chemise porte-bonheur *in extremis*. À croire que son système solaire s'était affublé de planètes qui lui étaient propres.

Il avait cru défaillir lorsque Lola l'avait invité à sortir. La femme idéale s'intéressait enfin à lui ? On n'avait pas fait plus beau miracle depuis la Résurrection du Christ.

38

Paul s'était attablé au fond du restaurant dans lequel ils avaient rendez-vous avec au moins vingt minutes d'avance. Quand il aperçut Lola de loin, qui rentra dans l'établissement, il tenta de calmer ses ardeurs. C'était simple, il n'avait jamais vu porte si bien ouverte. Il la regarda s'approcher avec une passion similaire.

- Bonsoir..., avait lancé Lola maladroitement, gênée à l'avance par son face-à-face avec le sexe opposé.
- Bonsoir...
- Ça va ?, avait-elle demandé, réalisant que c'était la deuxième fois qu'elle lui posait la question.
- Euh, oui...
- Pardon, je...
- Tu veux du vin ?, l'avait coupée Paul.
- Volontiers.

Paul lui en servit un grand verre. Se tramait quelque chose dans l'air qui n'avait pas tout à fait à voir avec le *trac* (et tout n'était que désir chez Paul), mais prenait place au-devant de lui, une femme dont il était bien incapable d'analyser le moindre vertige, la moindre pensée. Ils se resservirent, firent mine de savourer leur breuvage (mais réellement il ne fut que le détartrage d'une conversation bouchée) et Paul finit tout de même par demander à Lola, qui ne regardait que la table, et ses voisins, et à peu près toute chose ou espèce insignifiante, enfin *tout* mais certainement pas Paul :

- Il y a quelque chose qui ne va pas ?
- Tout va bien..., dit Lola se forçant à sourire, et elle le fit parler pour masquer ses oscillations. Tu... fais du sport ?

Paul s'illumina. Il avait pour ainsi dire un cours de CrossFit à la place du cœur. Lola qui n'avait jamais pratiqué aucun sport de sa vie, sinon la marche (et encore, celle-ci la menait de chez elle au supermarché), posa autant de questions qu'il était possible d'en poser à propos d'un entraînement physique quel qu'il soit. Et tous y passèrent même l'accrobranche, puisqu'il était vital d'oublier qu'ailleurs, Victor faisait face à une autre femme treize fois plus séduisante qu'à la normale. Puis l'alcool faisant son travail, ils continuèrent leur conversation sans plus qu'aucun point de suspension n'intervienne.

- Je vous remets une bouteille ?, les avait coupés un serveur, car dans la hiérarchie nocturne, les serveurs ont le divin droit d'interruption.
- Ça ira, avait dit Lola, pour tout un tas de raisons.
- Tu es sûre ?
- Oui. Tu habites loin ?
- À côté. Et toi ? avait demandé Paul, faisant l'effort surhumain de masquer son émoi.

39

Avait-elle été séduite ? Elle n'avait pas été rebutée. Ou moins que ce qu'elle avait imaginé. La vérité était que Lola n'en savait rien. Tout ce que voulait Lola était la certitude que Victor était toujours amoureux d'elle, et cela même après avoir passé la soirée avec Miss Lasagnes végétariennes 2010.

Devant la porte de son immeuble, Paul demanda à Lola si elle voulait monter chez lui *boire un dernier verre*. « Boire un dernier verre » était encore l'ancêtre latin du « voulez-vous coucher avec moi ? » et il lui fit peur. Tout était devenu si invraisemblable, pensa-t-elle, tentant de minimiser le danger qu'elle avait provoqué, que l'on n'en était plus à une indécence près. Elle en fut tout de même profondément gênée et attrapa son téléphone. Elle s'appuierait sur l'horloge digitale de son écran pour s'échapper. Mais en lieu et place de son écran de veille, un message de Victor s'était affiché.

« Surtout, ne te sens pas obligée de rentrer. »

40

Il était minuit passé quand Victor effectua le trois centième tour de son salon.

Il s'était assis dans toutes les combinaisons possibles, il s'était tenu debout sur chacun des mètres carrés de son appartement, et, ne sachant plus quoi faire de lui, il finit par s'assoir sur le plan de travail de sa cuisine.

Ici, il tenta une nouvelle fois ce qu'il n'avait pas toujours réussi : il chercha en lui pour faire le silence, il cessa de s'agiter pour draguer le vide : il entreprit de méditer.

Mais une quinte de toux vint déranger l'observation de ses pensées.

La jeune femme inconnue s'était mise à renifler. Peu à peu (avant même qu'il n'ait réellement eu le temps de le redouter), elle se mit à produire les exactes mêmes sonorités que les jours passés (car c'était exactement comme si elle pleurait en rythme), et les larmes et les pleurs, et bientôt, toute la tristesse de la planète envahirent le sixième étage de l'immeuble de Victor.

Il attrapa son clavier.

Contre le mur, il laissa maladroitement ses doigts aller, à mi-chemin entre un tube des Daft Punk et de Mariah Carey, et il joua et joua et joua encore, jusqu'à ce que les larmes ne se soient arrêtées.

Enfin, lorsque le silence vint de nouveau le troubler, il regarda son téléphone.

Lola avait lu son message.

Lola avait lu son message mais ne lui avait pas répondu. Et soudain, le point culminant de ses espoirs devenait le sommet du mont Blanc en phase de décrochage.

Il passa cinq minutes, abruti devant son téléphone, maudissant ce tic bleu, maudissant tous les tics bleus de la terre, et il écrivit un second message qui ressemblait à une menace de suicide, mas il l'effaça aussitôt.

Puis le reconsidéra un instant.

Quitte à se rendre à la mort, n'était-ce pas finalement le trajet le plus court ?

41

« Tu sais quoi ? » avait commencé Lola, ne sachant plus bien si cette question devait tourner à droite ou à gauche ou continuer tout droit.

« Avec plaisir », conclut-elle, la gorge nouée par la fierté.

Paul hésita à lui attraper la main, et, après une brève fluctuation, il composa le 20B06* et lui tint la porte de son immeuble.

Troisième partie

1

En montant les escaliers de son bâtiment, Lola ne sut toujours pas si *oui* ou si *non*, elle devait raconter à Victor ce qu'il s'était passé. Elle s'était trituré les méninges tout le trajet.
Elle marqua une pause au cinquième étage. D'ici, elle pouvait voir de la lumière sous la porte de son appartement. Elle fut tellement soulagée de retrouver Victor qu'elle en oubliât tout ressentiment. Être amoureux était vraiment l'état le plus fatigant qui soit.

2

Victor était parfaitement calme. (Il s'était rongé les sangs mais il n'en devait rien paraître.) Il était assis sur le canapé, une tisane entre les mains. En rentrant dans l'appartement, animée par la sensation d'avoir rattrapé son amour de justesse, Lola voulut se jeter sur lui, mais il feignit un mouvement de recul, désignant sa tasse.

Lola s'en trouva vexée et s'assit par terre. Il la scruta longuement. Visiblement, elle n'avait pas passé une très bonne soirée. Il entendait d'ici son pouls battre trop vite. De minuscules vaisseaux avaient éclaté dans ses yeux. S'était-elle ennuyée ? Il semblait que cela était autre chose. Mais pas de l'amour.

Tous ses organes poussèrent un soupir de soulagement : « Alors, tu m'aimes ? » avait demandé Victor avec l'affection d'un médecin légiste.

« Évidemment... », répondit Lola.

Ils se regardèrent longuement, liés par ce type de silence auquel seul l'autre peut mettre un terme, lorsque Lola se décida à parler.

« Tu veux peut-être m'expliquer ton message ? »

Mais Victor ne répondit pas.

Peut-être avait-il ressenti quelque chose en retrouvant Sophie ? Peut-être avait-il été plaisant de retrouver la banalité au cœur de l'absurdité ? Elle fut néanmoins rassurée par son agitation. Le Victor amoureux était un Victor serein. En vérité, il avait tellement dégusté, qu'il n'avait plus même la force d'ergoter. Comme l'enfant brandit sa loupe sur la fourmi, il fut réconforté par la vulnérabilité de Lola. « J'étais angoissé par ta soirée et c'était tout bonnement horrible », résuma Victor. Et il commença son récit.

3

Sophie avait rencontré un homme au cœur de son célibat, à un dîner d'anniversaire où elle était arrivée en retard et où elle n'avait eu par ailleurs aucune envie d'aller. Mais leur rencontre s'était rangée du côté de l'évidence et les deux ne s'étaient plus quittés. Comme animé par une éternelle volonté de conquête, il n'avait jamais cessé de lui témoigner son affection. Cette décharge quotidienne de sentiments l'avait rendue accro. Elle était d'autant plus bouleversée qu'il passa sa vie à la photographier, à la filmer, à faire de chaque insignifiance un reliquat, qu'il s'empressait tout aussitôt de garder pour lui, laissant à *leur* vie l'exclusivité de leur amour.

- Belle histoire..., avait commenté Lola ne pouvant s'empêcher d'être sarcastique.
- Peux-tu me laisser finir ?, s'était énervé Victor, pour qui l'horreur provenait du fait que Lola était rentrée à une heure moins le quart du matin. (Et ainsi plusieurs conversations se tinrent à différentes strates de leur échange.)
- Je te laisse continuer.
- Le type l'a partagé.
- Comment ça ?

- Il a mis sur Internet l'intégralité de leur vie privée.
- Mais où ça ?
- Sur une sorte de journal intime en ligne qui permet à des gens normaux de se Kardashianiser.

Le journal avait attiré trois mille deux cent quarante-deux abonnés. Trois mille deux cent quarante-deux *a priori* inconnus s'étaient mis à suivre sa vie violée. Et ainsi, trois mille deux cent quarante-deux étrangers avaient vu Sophie s'exclamer, sourire, se gausser, sauter, avoir honte, se tordre de rire, être surprise, avoir faim, danser, cuisiner, lire... L'homme était allé jusqu'à énumérer certaines de ses excitations. Il l'avait écrit ainsi. « Excitée ». Excitée de. Excitée car. Excitée grâce.

- Ce fou à lier a volé toute son intimité et tout ce que tu trouves à dire, c'est *ouais* ?
- Oui... Enfin, non. Non. C'est terrible, avait dit Lola.
- On parle d'une femme qui est partie en dépression.
- Oui.
- Elle a l'impression qu'on lui a volé sa vie.
- Oui.
- Elle faisait confiance à cet homme. Mais *comment* peut-on être égotique à ce point ?!
- Je ne sais pas si c'est le mot...

Bien sûr, Lola était capable de bienveillance. Bien sûr, elle était apte à faire appel à un processus d'identification (de superposition, tout du moins). Elle ressentait évidemment de la compassion au regard du traumatisme de Sophie. Se retrouver placarder, soi, et ses penchants sexuels, sur les écrans de trois mille deux cent quarante-deux iPhones, ne devait pas être bien agréable. Bien entendu, il était possible qu'une vulgaire émotion primaire se soit réveillée à l'endroit de Lola, et que celle-ci ne se soit nommée *jalousie*. Mais Lola avait fait philosophie pour exiger la morale. Et au-delà de cette conclusion, son objection était sincère : cette femme partait en vacances pour poster des clichés de son décolleté.

Elle avait entamé toute seule le strip-tease de ses pudeurs.

- Il faut vraiment être un malade mental, avait repris Victor.
- Oui...
- Se jouer de quelqu'un dans son dos...
- Oui..., continuait Lola.
- Alors, dit Victor, que l'on a sa plus solide confiance...
- Oui...
- C'est tellement... *ignoble*.
- Oui...

Victor la regarda, décontenancé. Ne pouvait-elle pas étayer ses propos ? Partager quelque chose avec lui ? Avoir l'air concernée, au moins faire *semblant* de s'investir un peu ? Il en avait bavé toute la soirée. Il était fatigué.

- Tu as passé une bonne soirée, c'est ça ?
- Je suis heureuse qu'on y vienne.
- Je te parle depuis dix minutes et tout ce à quoi tu penses c'est ce con de Paul, c'est *ça* ?
- Je t'assure que tu n'y es pas du tout.
- Je suis où alors ?!
- Tu as bu, Victor ?

Et effectivement Victor avait bu. À cette heure-ci, ses pensées titubaient. Une ritournelle de leur propre générique de fin s'était immiscée dans son cerveau, et, tout de suite, il avait perdu la force de la neutraliser.

- Il vaut mieux qu'on en parle demain, avait répondu Lola, et elle s'était levée.

4

Ce qu'aurait aimé Victor de Lola, à ce moment précis, il ne le savait pas. S'ils avaient été si heureux, c'est qu'ils avaient vécu l'amour, sans attendre, sans aller *chercher* quelque chose, mais par satisfaction, en se satisfaisant de tout d'ailleurs, chaque mot prononcé par l'autre avait été une proposition artistique approuvée, un Power-Point flamboyant.

Mais il était clair que Victor n'était plus satisfait. Il n'était plus satisfait du tout. Elle aurait pu dire n'importe quoi maintenant. Même exprimer la plus petite forme de repentance. C'était gâché. Il avait été blessé qu'elle ne se jette pas corps et âme dans ses ressentis. Blessé qu'elle n'ait pas manifesté *un* élan de réciprocité. Blessé, encore, qu'elle dissèque ses propres sentiments comme minimisant sa parole. Cette femme avait un microscope à la place du cœur.

« Maintenant, tu vas me dire ce qu'il s'est passé, vociféra-t-il en lui attrapant le bras.

- Lâche-moi », répondit Lola, puis elle se dirigea énergiquement vers la chambre et ferma la porte à clé ; accélérant de plus belle le rythme de la ritournelle, faisant du rejet son nouveau tempo.

5

Pour la deuxième fois consécutive, Lola ravala ses sanglots. Vers la droite, elle tourna par deux fois son verrou (mais cela était inédit) et mit ses boules Quies.

Se couper du monde n'avait jamais été si peu efficace, et la paix extérieure la propulsa en son propre chaos. Elle retira l'un des deux bouchons et entendit, malgré le casque de Victor, un ramassis de fausses notes se fracasser contre les murs (puisque dans le cas de Victor l'humeur influençait l'intonation). Elle hésita une seconde à le rejoindre mais elle se recoucha. Pour Lola, aimer n'était rien d'autre que l'honnête volonté de s'approcher de l'autre. Et tout de suite, elle n'avait aucune envie de s'approcher de Victor.

6

Au cœur de la nuit, elle déverrouilla la porte pour se rendre dans la salle de bains.

Après s'être passé de l'eau sur le visage, elle s'assit sur la cuvette des WC, abrutie par le manque de sommeil et les mots passés. Ses yeux errèrent ainsi, du bac à douche au lavabo, jusqu'à ce qu'ils se fixent quelque part autour du robinet et, en pleine perdition, Lola se mit à penser : pourquoi vouloir séparer un couple dont même les brosses à dent se tournent instinctivement l'une vers l'autre ?

Puis, des pas se firent entendre et Victor vint lui prendre la main pour la recoucher.

« Tu m'en veux ? » lui avait-il demandé une fois allongé, mais elle l'avait embrassé.

- Lorsque j'ai reçu ton message, j'ai accepté de monter chez ce type pour boire un dernier verre...

- ...

- Je suis partie dès qu'il a essayé quelque chose.

- ...

- J'étais dégoûtée.

- ...

- Pardonne-moi... J'étais en colère...
- C'est de ma faute, avait fini par dire Victor, le dos tourné.
- Alors, qu'est-ce qu'on fait ?

Mais ils avaient tous deux les larmes aux yeux et évitèrent de se regarder.

- J'aimerais connaître la raison de notre rupture, reprit Victor.
- C'est non. On en a déjà parlé.
- Je ne vais pas tenir...
- Mais cela va tout gâcher.
- Tout est déjà gâché.

7

L'annonce de la *TimeWise* était sans appel. Mieux valait pâtir en connaissance de cause. C'était du moins ce que pensait Victor. Comme l'on dresse une liste de courses, il entreprit d'inscrire les noms des huit Catégories de la *TimeWise* les unes derrière les autres.

Il passa le stylo à Lola qui s'éloigna de la Carte comme s'il s'agissait d'une arme de destruction massive, et tous deux procédèrent à l'autopsie de leur séparation.

8

Pour se donner du courage, il embrassa Lola. (C'était en réalité un découragement, car un baiser de Lola le faisait dévier de n'importe laquelle de ses actions.) De mémoire (et Victor était constitué à quatre-vingt-seize pour cent d'une galerie interne de souvenirs de Lola), le goût de ses lèvres n'avait jamais été si plaisant.

Fallait-il qu'un processus de dégénérescence soit systématiquement enclenché pour que l'on en vienne à sincèrement savourer l'objet de sa perte ? Fallait-il qu'un pronostic vital soit engagé pour veiller le présent ? Finalement, fallait-il perdre ce que l'on aimait pour l'aimer davantage ? Le doigt de Victor ripa sur « Décès » et il vacilla. Il était invraisemblable qu'ils songent à *cela* – car ils étaient bien trop jeunes pour avoir peur de la mort – mais l'ordre des choses n'avait dorénavant plus de logique pour Victor et Lola.

9

- Retour... de l'ex.
- Treize pour cent...
- On peut estimer que c'est réglé ?
- Non.
- ...
- En attente, insista Victor.

Et, puisque personne n'avait le cœur à argumenter, ils continuèrent leur morbide lecture.

- « Belle-famille ».
- Oui..., attendait Lola, stylo battant.
- Seize pour cent, répondit Victor, sonnant le glas définitif de ses espoirs familiaux.
- Suivant...
- Vie Quotidienne ?
- Oui...

10

La « vie » étant un domaine assez vaste, il leur fallut d'abord comprendre ce que pouvait bien signifier la Catégorie de « Vie Quotidienne ». Ils ouvrirent la boîte de la *TimeWise* mais cela était vain : aurait-il existé un mode d'emploi de la rupture, qu'ils s'en s'y seraient remis depuis longtemps. Ils n'y trouvèrent qu'une pile de rechange, et, songeant qu'ils n'auraient pas même le temps de l'utiliser, remirent la boîte là où elle était. Compte tenu du nombre d'utilisateurs de la Carte, Victor écuma quelques forums sur Internet. Un utilisateur particulièrement désespéré avait produit une réponse approuvée par plus de soixante-dix-sept mille internautes français.

« Vie Quotidienne : Le comportement global de l'un vis-à-vis de l'autre dans un cycle répété de vingt-quatre heures. Travaux d'entretien et ménagers. Cuisine et sens de l'hygiène. Mais aussi habitudes vestimentaires, humeurs, manies et tocs. Ne pas confondre avec "Vie Intime" qui ne concerne que la vie sexuelle. »

- Alors ? avait répété Lola. Tu ne veux pas répondre ?

- C'est..., commenta Victor, assez élevé, compte tenu des statistiques...

- S'il te plaît.
- Dix-huit pour cent...
- Ce n'est pas possible...
- ...
- Tu me dis qu'il y a dix-huit pour cent de chances que l'on se quitte car l'on ne se supporte plus... au quotidien ? et Lola ravala sa salive. Mais tu fais semblant de m'aimer ou quoi ?

D'accord, Lola ne faisait pas la cuisine. D'accord, elle avait été atteinte de différents tocs. D'accord, elle avait encore du mal à partir de chez elle sans vérifier quarante-trois fois que ses plaques de cuisson n'étaient pas allumées. Mais elle s'était soignée. (Et elle avait déjà parcouru trois kilomètres à pied pour lui ramener un cheesecake.) Son moteur de recherches intérieur tournait à vide. Il était invraisemblable que leur taux de « Vie Quotidienne » fût si élevé. L'amour de Lola avait connu toutes les déclinaisons. Elle aimait les silences de Victor, les miettes de Victor, les aléas de Victor, et même l'absence de Victor, car depuis qu'elle l'avait rencontré, elle savait voir le monde avec ses yeux. L'amour était l'énergie naturelle de Lola comme le ciel du jour était blanc et, même si elle l'avait voulu, il n'aurait pu en être autrement. Ils passèrent à la « Vie Intime » chassant cette hérésie.

11

– Je ne peux pas, vas-y toi…, avait soupiré Victor, un pacemaker branché sur l'orgueil.

– Mais qu'est-ce que tu crains ? Tu sais bien que…

– Je ne sais pas…, avait répondu Victor.

Mais Victor le savait très bien. Victor avait toujours été le plus inventif de leur tandem.

– Zéro virgule cinq, avait dit Lola.

– Ah…

– Alors ?

– Ce n'est pas trop mal…, avait soufflé Victor, pénalisé par ces zéro virgule cinq pour cent de désapprobation.

– Tu vois…

– Tu as quelque chose à dire ?

– Moi ?

– Oui.

– Non…

– Quoi ?

– Mais *rien*.

– Parle ou on arrête tout.

– Je ne sais pas…

– *Quoi ?*
– Les zéro virgule cinq..., commença Lola.
– ...
– C'est peut-être en rapport avec le truc que tu fais avec tes doigts, là...
– Qu'est-ce que je fais avec mes doigts ?
– Tu sais le truc, là...
– ...
– *Ça...*
– Ah... Ça...
– Oui...
Mais Lola réconforta Victor. Il était sa définition idéale de la position couchée. Il déglutit et passa à la Catégorie « Finances ».

12

- Zéro pour cent.
- Oui. C'est vrai que nous sommes plutôt raccord.

Mais Lola n'argumenta pas plus car, tout de suite, elle était trop fragile pour de sensibles sujets.

- C'est vrai, s'était repris Victor.
- Suivant..., avait-elle demandé. (Puisque qui conservait son sens de l'humour n'avait pas vécu la fin d'un amour.)

« Nouvelle rencontre ».

Bien sûr, ils étaient trop épris l'un de l'autre pour imaginer une seconde qu'une tierce personne vînt faire vaciller leur équilibre. Mais, n'avaient-ils pas entendu une fois l'an au moins, qu'un couple d'amoureux transis s'était séparé après que l'un fut placé par hasard à côté de l'homme ou de la femme de sa vie, à la table d'un dîner ?

- Ça me désespère, soupira-t-il, visualisant Lola lors de ses promenades quotidiennes, avant de cliquer sur l'indice de la Catégorie.
- Vingt-neuf pour cent, avait-il lu à voix haute, manquant de s'étrangler.
- Pardon ?

Car que pouvaient y faire Victor et Lola ? Des tours de quartier jusqu'à ce que l'un d'eux ne se fasse aborder ? Ils avaient prévu l'Autarcie, car ils formaient à eux deux un pays qui se suffisait à lui-même. Mais il serait difficile d'extraire de la planète leurs sept milliards de voisins pour les quatre prochaines semaines.

- Alors quel est le plan ? avait demandé Lola, un filet de sécurité dans la voix.

- Tu as, reprit Victor, beaucoup de clients...

- Je ne suis pas la seule à travailler... Tu vas bien retrouver des élèves, des parents...

- ...

- Très bien. Je quitterai mon travail. J'ai juste besoin de quelques jours pour mettre un peu de côté, conclut-elle.

Et puis, ce n'était pas comme si elle laissait tomber Virginie, pensa Lola. Virginie était pour ainsi dire en chute libre depuis trente-cinq ans. Elle ne s'était de toute façon jamais sentie à l'aise avec sa patronne. Elle n'avait jamais été capable d'être brillante en sa présence. C'était comme cela. Les gens mal dans leur peau se soulagent laissant aux autres la place du *moins que soi*. Lola partirait en vacances *dans* son histoire d'amour. Et Victor l'approuva. Après tout, le corps de Lola était sa résidence secondaire préférée.

13

Avec vingt-neuf pour cent de chances que Victor ou Lola fassent une nouvelle rencontre, leur taux d'« Investissement Personnel » ne pouvait être qu'assez *élevé*. Pareille estimation vint former une sorte de tension suspicieuse entre eux.

- C'est assez logique finalement...
- ...
- Qu'elle arrive en deuxième position..., avait soufflé Victor.
- Cet « Investissement Personnel », avait dit Lola, je n'y crois pas.

Victor avait passé une main dans ses cheveux, tentant de l'apaiser.

- Ils veulent quoi ? On n'est pas en train de placer des capitaux dans une entreprise.
- Il s'agit d'investir de l'énergie dans notre couple..., lui dit-il en étirant son geste.
- Mais ils veulent quoi ? Qu'on dessine une courbe pour l'élaboration des objectifs ?
- ...
- C'est n'importe quoi.

Elle se leva pour aller chercher deux verres d'eau pendant que Victor réfléchissait.

Quelles avaient été les dernières fois où il s'était réellement *investi* ? Lola opérait chaque jour des renoncements afin de le satisfaire. Elle avait renoncé à des journées d'écriture pour subvenir à leurs besoins. Elle avait renoncé à trop fréquenter sa mère (bien qu'il fût difficile de renoncer à Sylvie, car Sylvie ne renonçait jamais). Elle lui avait donné ses plus belles années, sans vergogne ni intérêts, dans une dynamique sentimentale imparable. Puisque l'amour est une constante hypothèque de l'avenir. S'il ne voulait pas que Lola ne finisse par faire une nouvelle rencontre, mieux valait-il qu'il se risque encore à s'engager.

Mais qu'offrir à qui l'on a déjà tout donné ?

Dans le cœur de Victor n'existait pas de compte épargne.

14

Finalement, Victor posa son doigt sur la Catégorie « Décès ». Il tremblait.

Mais, à quoi bon s'en préserver, songeait-il le doigt collé sur la vitre. Depuis l'annonce de sa rupture, le supplice ne connaissait plus de hiérarchie.

Il attendit que Lola revienne dans la chambre et la prévint de ce qui était à venir.

« Alors, je préfère rester debout », avait-elle prononcé. Comme si rester droite mettait à défi la mort qui allonge.

15

Victor prononça une décimale. À peine quatre syllabes. Mais elles s'écrasèrent sur les tympans de Lola qui laissa tomber les deux verres qu'elle avait entre les mains.

16

« Trois virgule cinq » répétait Victor au plus près d'elle, arguant que cela aurait pu être bien plus grave.

Puis il s'allongea sur elle car elle était frigorifiée, et ils restèrent ainsi dans le silence.

Il était cinq heures du matin quand ils finirent par s'endormir. Mais Lola n'avait cessé de frissonner.

« Ça va aller, mon amour, ça va aller... », chuchotait Victor.

Mais il n'en pensait pas un mot.

17

Par mesure de vigilance, Victor remit au propre les résultats des huit Catégories sur son téléphone. Dans l'ordre croissant de leur cataclysme.

18

« Nouvelle Rencontre » **29** %
« Investissement Personnel » : **20** %
« Vie Quotidienne » : **18** %
« Belle-famille » : **16** %
« Retour de l'ex » : **13** %
« Décès » : **3,5** %
« Vie Intime » : **0,5** %
« Finances » : **0** %

19

Les heures qui suivirent les délibérations de la Carte roulèrent sur Victor et Lola tels trois camions-citernes. Elle appela son travail et s'excusa pour la matinée, puis s'enferma dans la chambre, impuissante, avec la nécessité de s'enclore en elle-même. Il l'avait laissée se reposer de ces nouvelles, s'adressant à son clavier. Mieux valait-il ne jamais trop comprendre les gens que l'on aime.

20

Ils laissèrent la matinée se dérouler dans un silence de plomb, avec l'affreuse sensation de dilapider un trésor. Victor avait tout de même préparé le déjeuner, auquel ils n'avaient pas touché, et ils passèrent une heure à se regarder au fond des yeux sans s'échanger un mot. Que reste-t-il à dire lorsque tout est condamné ? Les mots avaient été les outils d'un bonheur du quotidien, mais ce bonheur n'avait servi à rien, et ils s'enfoncèrent dans le secret de la matinée plus encore.

En début d'après-midi, affligé de brader leurs minutes, Victor accompagna Lola au travail. Il s'était assis dans le café d'en face, attendant sa pause (et n'importe quel instant qu'il restait à lui voler par ailleurs). Derrière le comptoir où elle officiait, il pouvait à peine la distinguer, mais, heureusement, de miraculeuses tâches la poussait de temps à autre à gagner la vitrine.

Il attendit trente minutes supplémentaires, bénissant les clients qui la firent s'approcher encore un peu. Puis, un homme d'une quarantaine d'années pénétra dans la boutique et s'achemina vers Lola alors qu'elle était occupée à servir l'un de ces vieux messieurs du dimanche auquel même le dimanche ne croyait plus. Lola congédia ce dernier et suivit l'homme aux quatre coins de la boutique. Victor ne pouvait décrocher ses yeux de l'affreux spectacle, car il était dorénavant intenable de la voir aux côtés d'une source potentielle de désir et donc, de danger, mais il se l'infligea de longues minutes encore, car après tout, depuis que Victor aimait Lola, le monde entier la regardait avec ses yeux.

Puis, Lola s'approcha de la vitrine et Victor manqua de s'étouffer. Paul était à ses côtés. Oui, Paul était aux côtés de Lola et ils riaient.

Victor l'avait reconnu. Il ne pouvait pas se tromper. Il y avait cent soixante-dix-sept mille trois cent huit Paul en France, mais seulement un qui commenta chacune des photos postées par Lola sur les réseaux sociaux avec une exemplaire assiduité, et il n'avait pas été difficile à trouver. Il voulut un instant sortir se battre, mais il se ravisa. Il ne pouvait affronter l'apparition d'une complicité nouvelle entre un homme et Lola. La naissance d'un nouvel amour. Et, sur cette pensée, il perdit la raison. Voilà, pensa-t-il : il y était. Le cœur diffracté par la vision d'une connivence entre Lola et Paul lui créerait un ulcère auquel il ne résisterait pas et duquel il succomberait. Et puis, soudain, la vision complètement obstruée, rien ne faisait sens, si ce n'était courir, alors il sortit du café en oubliant de payer, et il courut. Il courut à tout rompre, il courut sans discontinuer, il courut jusqu'à en perdre la tête. Il courut sans s'arrêter, combattant l'exaction du réel devant lequel il fonçait.

21

À sa pause, Lola sortit du magasin, mais Victor avait disparu. Elle tenta de le joindre à plusieurs reprises mais il ne répondit pas. Qu'avait-il pu se passer en l'espace de deux heures et dix-sept minutes pour qu'il se volatilise sans donner d'explication ? Elle l'avait guetté tout le long de son service, fébrile mais heureuse de le retrouver. Elle s'assit un instant car la tête lui tournait. La mort dans l'âme, le cœur, la mort dans tous les organes, elle tomba une dernière fois sur le répondeur de Victor et repartit travailler.

22

Après avoir couru sept kilomètres, après avoir traversé la route sans regarder (captif de la fatalité qu'il était), après avoir bousculé tout un cortège de manifestants (car partout, sur les places et sur la route, des centaines d'individus s'indignaient contre la suprématie de la Carte, et en particulier, une armée de thérapeutes de couple frustrés d'avoir perdu quatre-vingt-quinze pour cent de sa clientèle), Victor arriva à l'angle de sa rue, lessivé.

Il s'assit sur les marches de son immeuble, incapable de parcourir les derniers mètres le séparant de chez lui. Il ne supportait plus son appartement. Il ne supportait plus que sa mémoire le ramène sans cesse au visage de Paul depuis les sept mille mètres derniers. Il ne supportait plus de vivre dans les vestiges d'un amour mort-né. On lui demandait de s'investir ? Mais c'était comme lui demander de se construire une villa avec vue sur la mer pour y mieux mourir.

Il entendit une personne descendre, et il se rabattit contre le mur pour pouvoir la laisser passer. Il n'avait nullement l'intention de discuter. Il avait mis un point d'honneur à croiser ses voisins rapidement, justement pour éviter que leurs entrevues ne soient excuses à se dévoiler.

Il leva tout de même la tête pour formuler un salut, car il valait mieux être aimé de ses voisins lorsqu'on avait perdu ses clés. À quelques marches au-dessus de la sienne descendait une jeune femme qu'il n'avait jamais vue et qui flottait.

- Bonjour..., avait dit Victor.

La jeune femme s'était arrêtée pour le regarder.

- Bonjour... avait-elle répondu et il cligna des yeux.

Il n'avait jamais vu autant de détresse dans un même regard et il en fut assommé.

- Vous êtes... *nouvelle* ?

- ...

- Je veux dire, vous venez d'emménager ?, avait-il dit en se raclant la gorge, car il avait parfaitement compris à qui il avait affaire. (Mais elle aussi, car les doigts de Victor n'avait cessé de pianoter.)

- Oui..., avait-elle dit puis elle avait accéléré.

- Attendez...

Mais la jeune femme avait filé.

23

Cela fut plus fort que lui, plus violent que n'importe laquelle des indignations qui l'avait traversé jusqu'ici, et, lorsque Victor fut rentré chez lui, il alluma l'ordinateur de Lola.

Il éplucha une à une toutes les conversations qu'elle avait entretenues depuis leur rencontre.

Le cœur explosant (puisqu'il était en continuelle combustion), il tapa les lettres p a u l pour la cinquième fois consécutive dans une énième barre de recherches, mais il n'avait rien trouvé. Aucun Paul n'émanait de ses listes d'amis, de ses contacts e-mail, de ses *followers*, et autres serviteurs de l'égo que l'égo collectionnait. Il se connecta de nouveau à son compte Facebook et se rendit dans l'onglet « Autres », répertoriant les conversations de personnes qui n'étaient pas liées directement sur le réseau social mais qui pouvaient converser.

Il tomba sur le profil de Paul quasi instantanément.

Il n'avait cessé de lui écrire.

Paul avait tour à tour été envoûté, assujetti, captivé, subjugué, séduit, fasciné, *ensorcelé* d'avoir partagé une soirée avec elle. Il l'avait écrit ainsi : il ne pouvait *l'oublier.*

24

Sur la route qui la ramenait chez elle, Lola marcha telle une automate. Elle marcha longuement de son travail à son appartement. Elle était restée sans nouvelles de Victor ; elle était angoissée et s'était formé au creux de son ventre un puits. Elle retarda tant et tellement son arrivée qu'il lui avait semblé léviter. Et brusquement, le monde alentour s'était mis à sprinter. Il avait fallu que la terre se mette à accélérer pile lorsque le temps lui était compté.

25

En référendum perpétuel, les réflexions de Victor l'avaient poussé à se modérer. Bien entendu, il avait envisagé un temps de jeter l'ordinateur par la fenêtre, de jeter tout par la fenêtre et de briser cette même fenêtre ainsi que l'intégralité de leur appartement, mais il s'était calmé. Que pouvait-il attendre de Lola ? Des atermoiements ? Une explication ? Un numéro de charme qui lui aurait échappé ?

Il avait laissé l'ordinateur en évidence, sur la table de la cuisine. Lola n'avait pas répondu aux messages de Paul. Mais elle ne lui avait pas non plus demandé d'*arrêter* de lui écrire.

Elle lui avait offert le cadeau du silence (elle n'avait rien nié, rien interdit, rien atténué), et cela l'insupporta d'autant plus. Victor imaginait Paul se faire de ses idées des dessins animés, et cela le dégoûtait.

Il avait fini par aller s'allonger, parfaitement immobile car stupéfié : vidé de tout espoir, il en avait perdu la mobilité. Vidé de tout sentiment, il en avait calé son moteur.

26

À son arrivée, Lola avait laissé tomber son sac à main au sol. Elle s'était approchée de l'écran, et avait relu les messages de Paul avec un peu plus d'effroi encore que lorsqu'elle les avait reçus pour la première fois.

Elle se précipita dans la chambre mais il était déjà trop tard. S'était réveillée dans le regard de Victor une aigreur qu'elle ne lui connaissait pas, et, elle avait beau lui expliquer que cela ne voulait rien dire, que cet homme était excessif et qu'elle n'y pouvait rien, qu'elle n'avait jamais répondu mais qu'il continuait, qu'elle se sentait coupable mais qu'elle était la première à en être fatiguée, il ne voulait rien entendre.

- Pourquoi ce type continue à venir te voir, hein ?

- Mais puisque je te dis que ce n'était pas lui, Victor. Tu es complètement parano.

- Arrête de mentir.

- Je vous ai vus *rire*.

- Mais de quoi tu parles ?

- À la boutique.

- Tu dérailles complètement. Si tu crois que j'ai ri une seule fois de la journée.

– Et ces messages, c'est quoi ? Pourquoi il t'écrit tout ça ? Qu'est-ce que tu lui as fait ?, dit-il d'un air tellement suspect qu'elle s'était sentie menacée.

– Je ne peux pas empêcher quelqu'un de m'écrire. Tu vois bien que je ne réponds pas.

– Alors, c'était qui ?

– Mais qui ?!

– L'homme avec qui je t'ai vue rire, c'était *qui* ?

– Mais comment veux-tu que je le sache ! Je ne sais pas à quel moment tu es parti !

– Je ne veux plus que tu ailles travailler.

– C'est compliqué...

– Je veux que tu arrêtes maintenant.

– J'ai encore besoin de quelques jours. Et tu le sais très bien, avait-elle répondu, excédée.

Ils se déplacèrent vers le salon, transposant les problèmes là où il y avait plus de place, et du plus profond de sa gorge sortirent ces paroles sans couleur :

– Tu sais qui plairait à ta mère ?

– Non.

– Ah non ? *Paul* plairait beaucoup à ta mère.

– Je t'en supplie, ça suffit avec ça.

– Ça, c'est sûr qu'elle serait contente avec un Paul à la maison. Ça c'est sûr qu'avec un Paul, on passe un bon petit réveillon.

– ...

– Ce n'est pas vrai ?

– ...

– Ce n'est pas *vrai* ?

– Non...

– Ah oui ? Alors prouve-le moi.

– C'est débile...

– Appelle-la. Qu'on aille déjeuner.

- Arrête.
- Quoi ?
- Tu *détestes* ma mère.
- Pas du tout...
- C'est hors de question.
- Et pourquoi ?
- Tu sais très bien que ce serait suicidaire dans ces conditions.
- Alors, j'ai raison.

Victor éteignit les lumières et partit se coucher. Il n'avait rien rétorqué. Il avait laissé Lola, dans le noir, comme lorsqu'elle était arrivée.

Elle se hissa dans la pénombre sur le canapé et poussa un long soupir. Que pouvait-elle bien faire maintenant ? Il était trop tard pour tout. Il n'y avait rien de pire que ces deux mots. Le trop tard est la majorité absolue du regret.

27

En arrivant à la boutique le lendemain matin, elle se rappela avec soulagement que Virginie était de congé. Elle avait du mal à imaginer cette femme en *repos*, se réjouir d'un programme télé, d'un pull en soldes. C'était exactement le genre de personne qui avait cessé d'exister, dès lors que l'on avait cessé de penser à elle.

À sa pause-déjeuner, elle fuma une cigarette. Cela faisait trois ans qu'elle n'y avait plus touché. Puis, dans l'un de ces lamentables élans de fierté mal placée, elle téléphona à sa mère :

- Tu viens avec ton zadiste ?
- Maman...
- Quoi ? Sa vie entière est une zone à défendre.
- Bon. Vous voulez qu'on emmène quoi ?
- Je suppose qu'il mange pas de viande ?
- Qui ça, *il* ?
- Oh, ça va, Victor.
- Merci. Mieux vaut éviter la viande, oui.
- Si c'est pour me ramener un truc avec un nom à coucher dehors avec un billet de logement, c'est pas la peine.

– ...
– J'ai toujours votre bio-machin, là. Enfin votre machin-kit.
– Moléculaire. C'est de la cuisine moléculaire.
– Bref, ne ramenez rien. Bisous ma chérie.

28

Le matin, Victor avait attendu d'entendre la porte d'entrée se fermer pour pouvoir se lever. Il partit courir. Non plus pour entretenir son cœur (fallait-il encore l'encourager à battre ?) mais pour fuir littéralement ses problèmes.

Au cours de la journée, Lola lui envoya quelques messages pour savoir s'il allait bien, ce qu'il en était de son programme, ce qu'il souhaitait manger le soir même, enfin toutes ces mondanités amoureuses si spectaculairement ordinaires mais qui apaisent les cœurs épris.

Il ne répondit pas. Il savait que cela n'était pas *bien,* qu'il n'émanerait rien de bon de son rejet, mais il ne put s'en empêcher. C'était tout simplement plus fort que lui. Il n'avait plus la force de faire *comme si* de rien n'était.

29

Il nécessite mille et une tragédies pour que l'enfance se tisse et devienne un souvenir. La seule explication rationnelle pour que certains en fussent nostalgiques, c'était bien qu'ils en aient tout oublié. Par conséquent, tout individu adulte heureux jouissait d'une très bonne mémoire sélective. Sauf Sylvie, dont la mémoire avait le chic pour se remémorer le mauvais.

Bien sûr Sylvie avait été aimée. Mais elle n'avait pas été désirée comme l'on désire les choses futiles simplement par goût de leur présence.

Son mari, c'était une autre histoire. Les origines de Sylvie prenaient racine dans un pays où les femmes avaient tort par acte de naissance : Jacques avait été son premier amour, et par voie de conséquence, son ascenseur vers l'expression, la vie sociale, la jouissance, comme l'on peut l'entendre à l'occidentale en quelque sorte.

Ce n'était pas que leur vie conjugale s'était distendue. Mais l'habitude s'était installée comme on frappe à la porte. La passion était devenue satisfaction. Ils vivaient une vie romestique (en cela que la romance était devenue intendance). Ils formaient un couple séparié (en cela que le mariage était leur dernier dénominateur commun). Et leur existence, depuis longtemps, se résumait à ces contractions (car même la contradiction s'était contractée, c'était dire).

Sylvie avait souvent envie de crier : C'est tout ? Et puis finalement, non, et l'on en parlait plus.

30

Il y a des endroits sur terre qu'il ne fait pas bon visiter. En acceptant d'aller chez sa belle-mère, Victor devenait un ressortissant étranger dans une région à haut risque. Pour qu'il s'y rende, il fallait vraiment qu'il s'agisse d'un impératif. (Son inéluctable rupture avec Lola en était un.) Il ne savait pas dire ce qui le repoussait le plus chez cette femme. Il aurait dû vénérer cet individu sans lequel il n'aurait pu vivre le plus grand bonheur de sa vie, mais sa capacité à lui rabattre le caquet avait homologué une à une ses raisons de la mépriser. Par ailleurs, elle sentait tellement le parfum qu'à chaque fois qu'il l'embrassait, il avait l'impression de rentrer aux Galeries Lafayette.

31

À leur arrivée, Jacques tapa chaleureusement Victor dans le dos et serra sa fille dans ses bras. Il leur trouva très mauvaise mine. C'était bien simple, il ne les avait jamais vus comme ça, et ainsi, il prit Lola par l'épaule.

« Regarde ce que j'ai trouvé dans le grenier ! Ton Super-Mastermind ! C'est parfait pour vous, ça se joue à deux ! » s'était exclamé Jacques.

Complètement abattus, Victor et Lola ne réagirent pas. Ils n'avaient même pas plaisanté devant le tapis de l'entrée jadis acheté par Sylvie, et dont la ringardise n'avait jamais manqué de les faire rire (« Pour pouvoir rentrer... Essuyez-vous... les pieds ! »).

Le volume de la télévision était monté à son maximum lorsque Jacques demanda à Lola pour la troisième fois de lui répéter ce qu'elle lui disait :

- Je t'ai juste demandé COMMENT ÇA ALLAIT ?

- Ah. Excuse-moi, je monte pour ta mère. Dans la cuisine, elle entend rien.

- Mais... Elle n'est pas là...

- Oui, mais elle arrive. Comme ça... on est tranquilles, avait dit Jacques en souriant (mais il s'encourageait lui-même).

Victor se plaisait à observer son beau-père. Il le rassurait. Transparaissait de ses yeux des souvenirs qui le rendait familier. S'échappait de lui une certaine tranquillité, une douceur latente dans laquelle il aurait adoré se vautrer. Cette succession de pensées lui fit subitement réaliser qu'il n'avait plus personne à qui parler. Et, plus que jamais, cette solitude lui revint en pleine face, comme au cœur d'une rafale de cent kilomètres/heure par moins cinquante degrés.

32

Il était midi passé lorsque Sylvie fit son entrée. La pluie venait de s'arrêter et ses cheveux dégoulinaient. Elle avait absolument tenu à aller chercher un plateau de fromages, et il avait été hors de question que Jacques s'y rende. Son mari mettait toujours une heure trente à trouver un Snickers et sa fille allait arriver. Ne voyant pas les chaussures de ses invités dans l'entrée, elle cria sur son mari. Victor et Lola se trainèrent près de la porte d'entrée pour les enlever avant de pouvoir la saluer.

33

À table, Jacques, Sylvie, Victor et Lola dégustèrent leurs entrées sans se dire grand-chose, trompant le malaise par le bruit de leurs couverts. Jacques ne voulait pas contrarier sa femme. Lola avait peur d'échauffer sa mère. Le regard de Victor n'évoluait qu'à l'intérieur de la circonférence de son assiette. Sylvie parla à Lola de sa thèse. Où en était-elle ? Avançait-elle bien ? Qu'en pensait son directeur d'études ? « C'est sûr qu'entre les cours et ton boulot de vendeuse, c'est difficile… », souffla-t-elle en regardant son beau-fils.

Jacques intervint pour demander à Lola de lui parler de son travail. Victor sourit à sa belle-mère et sauça son assiette.

34

À l'arrivée du porc au caramel, puisque Sylvie n'avait pu se résoudre à une alternative végétarienne, Lola et Jacques continuèrent d'entretenir leur diversion, convoquant des souvenirs d'enfance un brin alambiqués.

Victor mangea son riz sans prendre part à la conversation. Il n'avait pas particulièrement décidé d'être désagréable, mais il se laissait aller à ce qu'il était, et ce qu'il était à ce moment-là, c'était un homme tendant l'oreille pour écouter la télé.

Une présentatrice vedette lançait son dernier sujet.

« Chaque fois qu'elle l'ouvre, c'est soirée mousse dans sa tête », siffla Sylvie à l'attention de son mari.

Un reportage présentait un homme en costume, interrogé sur la popularité de « Faim de vie », une application de mise en relation qui avait bouleversé les mœurs. « Elle fait un tabac chez les seniors », expliquait l'homme, qui dénotait une baisse drastique des personnes célibataires « en fin de vie ». « Mais depuis que les inscriptions se sont multipliées, nous avons constaté un nombre très accru d'utilisateurs déjà en couple. C'est pour cela que nous lançons "Faim de vie *intime*". Car les seniors, eux aussi, ont droit aux cinq-à-sept. »

« C'est ton journal Jacques ? » avait demandé Sylvie, coupant court au silence de la tablée.

Victor se réfugia de nouveau dans son assiette. Il était indifférent aux élucubrations de sa belle-mère. Mais être témoin des difficultés de son beau-père l'affectait.

- Non, Sylvie. C'est toi qui as allumé le boîtier.
- Oh..., fit-elle gênée.
- Oui...
- Bon...
- ...
- Ah oui..., dit-elle se grattant le nez.
- ...
- Bon, je vais faire le café.

Pour donner le change, Victor pria Jacques de lui passer le fromage. Mais, remué d'imaginer sa femme à la recherche d'aventures extraconjugales, ce dernier renversa le plateau sur la table. Dans sa chute, il entraîna le verre de vin de Victor qui se répandit sur son pantalon. Il s'excusait avec effusion lorsque Sylvie revint de la cuisine.

« Oh mais on peut pas vous laisser cinq minutes. Je suis vraiment pas aidée. Nom de Dieu de nom de Dieu » et elle blasphéma pendant de longues minutes, jusqu'à ce que Lola ne la prie de la laisser s'en occuper.

Penaud, Jacques alla couper le son de la télévision.

« Bon allez, viens avec moi, toi », exigea Sylvie, et elle fit monter Victor à l'étage pour lui donner un change.

35

Une fois à l'intérieur de la chambre de ses beaux-parents, Victor fut très mal à l'aise. Il avait bien connu cette pièce. Dans la frénésie de leurs débuts, Lola avait une fois insisté pour qu'ils y fassent l'amour et il avait mis des semaines avant de pouvoir regarder à nouveau ses beaux-parents dans les yeux. Se rendre sur les lieux du bonheur passé (quand on avait la certitude qu'il était perdu) escorté par sa belle-mère (dont on avait la certitude qu'elle fût perdue), était une double peine qu'il n'avait pas le cœur d'affronter. Sylvie avait continué à parler toute seule, dans les escaliers, et dans la chambre, entretenant une conversation avec elle-même parfaitement équilibrée, puisque régentée exclusivement par des degrés tantôt moindres tantôt élevés de sa propre folie.

Elle lui tendit un pantalon en lin.

– Oh non, ça me gêne, avait-il insisté.

– Bon...

– Je sais que Jacques aime bien ce pantalon, c'est tout.

– Il rentre même plus dedans. Qu'est-ce que tu veux que j'en fasse ? Que je l'accroche sous une verrière et que je lui construise un mausolée ?

– Écoutez Sylvie, commença Victor (qui tentait par tous les moyens de se calmer mais se laissait inexorablement emporter). Vous pouvez mal me parler. Vous pouvez me prendre pour un imbécile. Mais vous n'avez pas à être insultante vis-à-vis de votre mari.

– Excuse-moi. *Quoi* ?

Mais si Victor avait mis un point d'honneur à garder son calme, il venait d'abandonner cette idée. De plein gré cette fois, il se laissa porter par le délicieux courant de ces choses qu'il ne faut sous aucun prétexte dire (mais qui procurent tant de plaisir).

– Vous m'avez très bien entendu.

– De quel droit me parles-tu de mon mari ?

– Je suis désolé de le dire, mais vous lui manquez de respect.

– Oh... Mais mon petit Victor...

– Oui, avait affirmé Victor, et il serra les poings.

– Quelle belle valeur que le respect... C'est vrai que tu la maîtrises bien, toi, la valeur du respect...

– ...

– À regarder ma fille courir car elle est la seule à tenir votre foyer...

– ...

– Quand tu auras fini de la regarder travailler, étudier, te porter à bout de bras avec ton respect...

Sylvie jeta le pantalon de lin sur le lit.

– Peut-être que tu pourras revenir me parler de tes belles idées ?

– Écoutez...

– Toi, écoute-moi. Si tu veux gâcher ta vie, c'est ton problème. Mais tu ne gâcheras pas l'avenir de ma fille. Est-ce que tu as bien *compris* ?

Et elle agita son doigt autour de sa tempe pour illustrer son propos mais Victor lui répondit avant qu'elle n'ait terminé :

– Mais vous allez la *fermer* ? »

Et sur ces mots, elle lui flanqua une énorme claque et sortit.

36

Sonné, Victor s'était allongé sur le lit. Raide et immobilisé. L'animation de son corps s'en était allée, et sans elle, il s'était étalé.

37

Il y avait des jours plus encourageants que d'autres, pensait Virginie en enfilant ses bas, et elle avait traîné devant sa penderie. La perspective de sa confrontation avec Lola l'avait rendue assez guillerette. Elle lui avait octroyé un nombre d'heures supplémentaires important (ce n'était pas par sympathie, elle était une excellente vendeuse), mais ses chiffres n'étaient plus les mêmes. D'une semaine à l'autre, ses résultats avaient drastiquement baissé. Ce matin-là, elle s'était attardée dans la salle de bains. Elle était moins ponctuelle à mesure qu'elle prenait de l'âge. C'était sans doute sa façon à elle de ralentir le temps. Mais elle ne le remarqua pas. Virginie n'aimait pas s'auto-analyser. Blanc c'était blanc, un chat c'était un chat. Elle pénétra dans la boutique alors que la plupart de ses vendeuses avaient déjà bien entamé leur matinée. En se dirigeant vers la caisse, elle demanda « Comment on est aujourd'hui ? » car elle avait remarqué que l'intérêt qu'elle portait pour les chiffres lui avait conféré une certaine aura professionnelle (c'était du moins ainsi qu'elle avait gravi les échelons).

Elle alla changer ses chaussures dans la réserve et fit claquer ses talons. Elle savait que les vendeuses l'entendaient monter les escaliers qui menaient à son bureau, et rien ne l'excitait plus que la métaphore matérielle de sa supériorité.

Lola n'eut pas le temps de remercier son client que déjà le téléphone d'en bas avait sonné. « Constance, vous faites monter Lola dans mon bureau ? » avait demandé Virginie et Lola monta.

38

C'était simple. Virginie supprimerait une heure à Lola chaque jour qu'elle n'aurait pas atteint son objectif de vente. Elle la supprimerait également du planning pour les jours à venir afin « qu'elle retrouve une forme de motivation ». Mais il n'y avait plus de motivation.

En partant travailler ce matin, Victor avait refusé de l'embrasser. Préparant le chagrin à venir, il supprimait ses baisers.

39

Au cinquième étage de son immeuble, Victor, qui avait fini par se relever, croisa son voisin, un carton dans les mains.

– Vous partez ?, s'était inquiété Victor, ne supportant plus le moindre changement de programme.

– Mon copain emménage en attendant qu'on trouve plus grand, avait répondu son voisin. *Vingt-deux ans !*

40

Lorsqu'elle rentra chez elle, Lola retrouva Victor engoncé dans le canapé, allongé, quasiment alité. Elle vint s'asseoir à côté de lui.

Il lui attrapa le bras mais il aurait tout aussi bien pu pousser son dernier souffle.

Elle se releva, ouvrit les fenêtres, tira les rideaux, vint se rasseoir sur le canapé devenu un chevet. L'écroulement de leur bonheur s'était finalement illustré par une chute. Dorénavant, et même debout, Victor aurait l'air de tomber.

- On va manger dehors, avait dit Lola, et elle l'aida à se relever.

Ils avaient tout au plus traversé la rue, et ils s'engouffrèrent dans un restaurant thaï qui faisait face à leur immeuble.

« On aurait pu aller chez Meng.

- Ça va nous faire du bien de changer un peu », elle répondit, mais à la seconde où ces mots lui sortirent de la bouche, elle les regretta. Elle voulait s'aérer, s'oxygéner, se changer les idées, mais changer, non, elle ne voulait rien changer, ou plutôt, elle voulait tout changer mais elle ne voulait rien *perdre*.

Ils prirent exactement la même chose que chez Meng (à l'exception près que la soupe était thaïlandaise), et ils mangèrent en silence (puisqu'ils étaient en continuels échanges *en* et *avec* eux-mêmes).

Lorsque le repas fut terminé, le serveur vint déposer la note sur leur table. Lola espéra furtivement que Victor ne la saisisse, non pas pour *payer*, car ils avaient dépassé le stade de la chevalerie à proprement parler, mais simplement pour le geste, et comme par miracle, Victor s'était saisi du ticket.

- C'est bizarre, ils ont fait les raviolis à 5 € 50 alors que c'est 3 € 70 sur la carte...

- ...

Victor fit signe au serveur et lui répéta ce qu'il venait de dire à Lola.

- C'est parce que vous avez regardé le menu midi, Monsieur.

- Non non, j'ai pris le menu *rouge*.

Le serveur retourna le menu rouge sur lequel était collée l'étiquette « MIDI », puis il fit semblant d'être occupé ailleurs afin que Victor ne retrouve une forme de contenance.

- En même temps..., avait murmuré Victor.

- En même temps *quoi* ?, avait dit Lola.

- Je dis : en même temps, si j'avais vu ça, on aurait pris autre chose, donc...

- Donc, *quoi* ?

- *Donc* ils auraient pu faire un geste...

- Un *geste* ?

- Qu'est-ce qu'il y a ?

- Mais *toi*, t'as pas envie de faire *un* geste, *toi* ?

- Tu crois vraiment que c'est le moment de se disputer ?

- T'as pas envie, juste *une* fois dans ta vie, d'aller à l'encontre de tes principes ? De rendre les choses *simples* ? De *me* faire plaisir ?

- Tu peux te calmer ?

- Mais regarde-toi, à toujours tout compliquer, tu n'as jamais fait *un* effort de ta vie. Tu n'es même pas fichu de chercher du travail. Tu as vu comme je galère ? Tu crois que je sais où je vais, moi, avec ma *problématique* ? Tu crois que j'ai le temps de négocier avec toi 1 € 80 de ravioli à la crevette ? Tu crois que cette situation me rend *heureuse* ?

- Tu as perdu la tête ?

- On rentre.

Ce n'était pas que Lola était déçue, ce n'était pas qu'elle était lassée, ce n'était pas qu'elle aspirait à un mode de vie particulier, non, mais elle était exténuée.

Se pouvait-il que le temps qui passe jouât réellement en leur défaveur ? Lola en doutait. Ils ne s'étaient pas aimés bêtement parce qu'ils avaient comblé ce dont ils avaient manqué enfants, mais, au contraire, parce qu'ils avaient su se donner précisément le même amour que leurs parents leur avaient octroyé, et, ainsi, ils s'étaient laissés vivre joyeusement, dans ce degré d'intense intimité, puisque rien n'était plus sexy à leurs yeux que la familiarité.

Elle marchait vite mais Victor n'avait pu accélérer. Il aurait dû répliquer, dû accroitre la vitesse d'un corps en mouvement qui était menacé, mais il s'était coincé.

Il l'avait vue fâchée mais pas furieuse, comme il l'avait vue polie mais pas docile, mieux, il l'avait vue amoureuse, il l'avait vue transie, il avait vu des choses dont il ne se lassait pas, il avait tout vu d'elle et il en avait besoin, mais il n'allait pas s'empêcher d'être ce qu'il était, pas se rabaisser à lui présenter la version éditée de lui-même pour pouvoir continuer à se nourrir d'elle.

Les reproches de Lola avaient réveillé en lui une douleur immense, la sensation de ne pas être à la hauteur de la femme qu'il aimait : car comment pouvait-il suffire à une femme qui s'auto-contentait ?

En se retournant vers lui pour voir où il en était, Lola fut troublée. Elle perçut dans son œil, là, comme une absence. Quelque chose en laquelle on ne croyait plus.

41

En allant éteindre les lumières de la cuisine, elle passa devant le frigidaire. Sur la porte en acier s'affichait une photo de famille : Lola et ses parents se tenaient tous trois debout à l'anniversaire de Jacques. Elle remarqua l'air de sa mère. Le même que celui qu'elle avait arboré tout au long de son album de mariage, lequel lui avait récemment fait remarquer : « C'est quand même hyper beau de promettre quelque chose de quasi intenable à quelqu'un qui n'existe probablement pas. »

Puis elle retourna dans le salon mais Victor avait disparu.

42

En rentrant dans la chambre, Lola constata qu'il s'était rhabillé. L'incongruité de la scène ne lui avait rien inspiré et elle s'entendit répéter :

« Mais qu'est-ce que tu fais ?

Ce à quoi il répondit :

– C'est fini. »

Quatrième partie

1

Il n'y avait pas grand-chose dans leur chambre mais quand même de quoi se constituer une valise-cabine et Victor la déposa sur le lit. Elle était restée vide mais il avait éprouvé la nécessité qu'elle l'accompagne. Il ne pouvait prononcer un mot de plus, faisant d'un sac de voyage le sous-titre de son départ.

« C'est fini. »

Il avait déclaré ces mots sans aucune véhémence, sans reproche ni éclat. Il les avait laissés dégouliner de sa bouche comme un fleuve fait crue. Lola en fut proprement sciée. Un froid glacial vint frapper son corps et elle alla fermer toutes les fenêtres qu'elle avait ouvertes si innocemment quelques instants à peine. Quand Victor vint près d'elle, elle était incapable de parler. Incapable de formuler la moindre pensée cohérente. Ils dérivaient lentement, et, peut-être fallait-il mettre un terme à cette souffrance, oui, mais participer au traité de sa rupture était au-dessus de ses forces. Elle était une langue étrangère au débat actuel.

– Je n'en peux plus mon amour. Cette situation nous rend malade..., lui avait-il dit sans pouvoir la regarder.

– ...

– Je ne peux plus vivre notre histoire en sachant qu'elle touche à sa fin.

– ...

– Je ne supporterai pas de garder cette image-là, de nous deux, plus longtemps... Tu comprends ?

– Oui..., avait fini par dire Lola.

Et, bien que Victor eût espéré son approbation, cet accord accéléra son processus de décomposition.

– Très bien. Alors je vais partir.

Il se dirigea vers la porte avec son sac et Lola continua de fixer la fenêtre. Sur le mur, juste en dessous de la vitre, lui était revenue une tache qu'elle avait fini par oublier. C'était une tache de vin rouge qui avait définitivement abîmé la peinture le soir de son emménagement. Il lui serait impossible de continuer à occuper cet appartement.

Elle retint Victor un instant, simplement pour lui annoncer que c'était elle qui partait, et elle partit.

2

Dans la nuit, Victor se pencha à la fenêtre. Sur le trottoir d'en face, il vit un couple s'étreindre. Les deux jeunes gens s'embrassaient passionnément. Il les regarda ainsi de longues minutes, puisque l'ironie de la vie collaborait toujours exclusivement avec les drames personnels de chacun. Puis, il recouvra ses esprits, et cria au couple d'aller se tripoter ailleurs.

Lorsqu'il se fit insulter à son tour, il ferma la fenêtre et s'allongea sur le canapé.

Le sommeil définitivement hors d'atteinte.

3

Pour ne pas avoir à sortir du lit, Jacques avait d'abord fait mine de ne pas entendre frapper à sa porte. Les coups avaient persisté et il vérifia son téléphone. Aucun message. Si Lola avait eu un problème, pensa-t-il, elle lui aurait téléphoné. C'était probablement la voisine d'à côté, Madame Jacquemin, désespérément seule, et désespérément folle, à qui il arrivait d'aller déranger son voisinage en plein milieu de la soirée, et ce plusieurs fois l'an. Mais la main persistait. Il reçut un coup de pied dans le tibia et poussa un *aïe* étouffé.

- Va ouvrir.
- C'est la Jacquemin.
- Va ouvrir, c'est Lola.
- Elle ne m'a pas écrit ma chérie, rendors-toi.
- C'est Lola, je te dis.

Jacques descendit, désespéré ; condamné qu'il était à se faire tenir la jambe à 22 heures passées. Mais en ouvrant la porte, il se trouva nez à nez avec sa fille. Ils restèrent là sans se parler, puis elle le serra dans ses bras, et, l'écartant tendrement, courut à l'étage se réfugier dans sa chambre. Son retour à la case départ s'opérerait par un recours à la case enfant.

4

Plusieurs jours s'étaient écoulés sans incident majeur, hormis une sérieuse perte d'équilibre (puisque Lola était son centre de gravité), et Victor continua de se jouer toutes les scènes de sa vie conjugale, depuis son anniversaire, sans discontinuer. Cela faisait quelques jours que ses murs ne s'étaient pas fait l'écho de quelques sanglots. Il s'était demandé, à plusieurs reprises, comment allait sa voisine. Il aurait pu aller s'enquérir de l'état de sa santé car l'on ne versait pas six décalitres de larmes pour une plaie sans intérêt, mais le chagrin de Victor avait éradiqué la moindre possibilité d'initiative.

C'était exactement sur cette pensée que sa porte s'était mise à vibrer.

En l'ouvrant, il trouva sans surprise la jeune femme d'à côté.

- Bonsoir...
- Bonsoir...
- Je voulais m'excuser.
- De quoi ?
- Pour la dernière fois...
- Oh, ne vous en faites pas...

- J'aurais dû vous remercier pour la musique...
- Ce n'est pas grave...
- ...
- Ca va mieux ?, demanda Victor.
- Bof... Et vous ?
- Bof...
- Oui, je sais... Je vous ai entendus dans l'escalier...

Victor invita la jeune femme à rentrer.

- Je viens de me séparer... avait-elle dit.

C'était la première fois qu'elle prononçait la vérité de sa nouvelle situation à haute voix. Mais elle ne ressentit rien. Elle avait tellement pleuré qu'elle s'était vidée.

- C'est pour ça que je suis ici. Je cherchais plus petit...
- Moi aussi, avait dit Victor, je viens de me séparer...
- Ah...
- Je peux vous demander combien... de temps ?
- Combien de temps ?, avait-elle demandé.
- Combien de temps il vous restait ?
- Ah... Il m'a quittée traditionnellement.
- Ah bon...
- Oui... Il est parti comme ça...
- Mais vous n'avez pas... essayé... ?
- Essayé quoi ? La Carte ? Oh non...
- Mais vous ne vouliez pas... être *sûrs* ?
- Être sûrs de quoi, qu'il ne m'aimerait pas ?

Il incita sa voisine à parler. Il ne lui fallut pas plus de trente minutes pour tout lui raconter. Chloé n'avait rien enjolivé, rien brodé, rien minimisé. Elle avait raconté sa déconvenue à Victor fait par fait, puisqu'une histoire d'amour est un schéma narratif d'une assez grande banalité. Elle s'était lancée dans une course pathétique afin de pouvoir sauver ce qui lui restait.

Elle avait fait de sa vie un effort de maintenance permanent. Mais Chloé n'avait pu témoigner du moindre signe de progression. Elle avait bien pensé à faire usage de la Carte, mais elle avait pris peur. Après tout, avait-elle dit à Victor, l'homme était un algorithme comme un autre ; à cela près que l'on lui avait rajouté : l'orgueil, la paresse, la soif, la faim, l'égotisme, l'avarie, l'ambition, l'anxiété, l'arrogance, le calcul, le caprice, la censure, la colère, les complexes, la défaite, la dépense, la distraction, l'emportement, le formalisme, la grossièreté, le fatalisme, la vanité, et, peut-être enfin, la fuite. Car il avait fini par se sauver.

Victor déboucha une bouteille de vin (et c'était probablement la chose la plus adulte qu'il avait faite depuis un bon moment). Il avait sous-estimé le réconfort que pouvait prodiguer une personne sur laquelle s'appuyer.

- Mais je crois que finalement, avait repris Chloé, on ne peut pas mentir à quelqu'un avec qui l'on vit... Vivre avec quelqu'un c'est un peu comme... vivre avec une loupe, vous voyez ?
- Braqué en permanence sur vous ? avait dit Victor.
- C'est ça...

Et Victor hocha la tête, car il était maintenant certain que tous ses problèmes venaient du fait qu'il avait été regardé de trop près.

Ils finirent la bouteille et sa voisine décréta qu'elle devait rentrer. Victor la raccompagna à la porte. Il la remercia d'être passée. Il avait maintenu son regard lorsqu'elle avait soulevé les épaules, mais il l'avait répété : il était *sincèrement* heureux d'avoir pu lui parler.

Pour désamorcer le pire, Victor avait cru bon de provoquer tout un tas de situations. Mais la Carte avait eu raison.

Il n'avait seulement pas pu prévoir que le pire, c'était lui.

5

Depuis qu'elle avait rejoint le domicile parental, Lola ne s'était plus relevée. Sa mère et son père s'étaient bien succédé à son chevet, mais leurs échanges avaient été laborieux. La seule chose qu'elle avait réussi à formuler fut qu'ils lui gardent son téléphone. Elle ne pouvait être en possession d'un appareil qui alimenterait sa douleur. Au lieu de cela, elle écrivit jour et nuit et envoya une version quasi définitive de son travail à son directeur de thèse.

Pour la terminer complètement, il lui aurait fallu récupérer ses classeurs mais ils étaient coincés chez Victor, et Lola était en cure de sevrage intense. Il fallait qu'elle soit forte. Plus elle l'avait vu, moins elle en avait été rassasiée. Elle se devait de rester loin, l'amour en quarantaine.

6

Après avoir subi le silence en DJ-set de ses dix dernières soirées, Victor ralluma son téléviseur. Il avait lutté, mais après réflexion, il n'en était plus à une mauvaise nouvelle près.

Son journal de 20 heures s'était ouvert sur une flopée de titres plus sinistres les uns que les autres. Parmi eux, la découverte d'une jeune femme dans le Potomac, un sac en plastique autour de la tête. Avec pour seule explication, une lettre d'adieu destinée à son dernier amour, évaporé après la dernière seconde de leur chronomètre amoureux.

Cette nouvelle l'avait déstabilisé. Il avait eu du mal à ne pas s'y identifier. Il sortit de son appartement et il marcha, il marcha longuement jusqu'à se retrouver sur la colline du 18ᵉ arrondissement. Soulagé de voir des hommes en pérégrination autour du Sacré-Cœur en plein milieu de la soirée. Rassuré que l'espoir ne compte pas ses heures.

7

Pour aider Lola à peaufiner sa thèse, Jacques se rendit dans une bibliothèque spécialisée du 17e arrondissement. Quelques semaines plus tôt, la vingt-neuvième édition du salon Parapsy avait été annulée Espace de Champerret, faute d'adhérents. À quoi bon consulter un voyant si une carte électronique fournissait toutes les réponses des cœurs éconduits pour 239,90 € *seulement* ? Il fit le tour du bâtiment placardé d'affiches conspuant le phénomène dernier, l'air circonspect.

8

Le calendrier personnel en surchauffe, Victor et Lola regardèrent une nouvelle semaine s'écouler avec aberration. Le visage déformé par l'incapacité de faire quoi que ce soit (car c'est aussi ce à quoi pouvait ressembler la tristesse), Victor se rassembla.

Il avait passé son temps happé par la télévision, sur le canal publicitaire, à tenter de s'oublier. La nourriture à la demande, la culture à la demande, le divertissement à la demande, la sensualité à la demande, on pouvait aujourd'hui à peu près tout demander, sauf que l'on lui rendit sa vie, et il s'en trouva franchement frustré. Comment se faisait-il que la technologie ait révolutionné jusqu'aux façons de s'aimer sans avoir produit le moindre antibiotique contre la souffrance amoureuse ? De nos jours, seule la fierté nous poussait à vivre nos histoires d'amour comme un opéra italien du XVIIIe siècle.

À une heure du matin, quelqu'un frappa à la porte. Un bref instant, son système sanguin se réactiva. En un tour de sang, son visage cessa d'être blanc. Qui pourrait le déranger à une heure si tardive, sinon Lola ?

Il ouvrit finalement la porte et se retrouva face à Chloé.

La jeune femme ne pouvait rester seule, et elle répétait « juste ce soir » comme si l'indice temporel de sa phrase pouvait faire de son spleen un élément passager.

Victor l'enjoignit aussitôt à s'asseoir à côté de lui. Ils regardèrent la télévision un long moment sans se parler, jusqu'à ce qu'enfin ils s'endorment l'un contre l'autre.

Sans qu'ils ne pensent à mal, sans qu'ils ne pensent à quoi que ce soit, sans qu'ils ne pensent *une seule seconde* que cela puisse engendrer des conséquences.

Autrement dit, des problèmes.

9

Lorsque Marc était tombé amoureux de Jeanne, il avait regardé ses mains, bien sûr, ses cheveux aussi. Il avait aimé la petitesse de ses gestes, apprécié le plus *gros* de ses valeurs. Mais ce que Marc avait particulièrement apprécié chez Jeanne était la propension qu'avait cette femme à *s'oublier*. Il sentait chez elle une faculté du don de soi inné. L'abnégation dont elle fit preuve lors de leurs premiers rendez-vous (mais cela était sa nature et elle se déploya sans aucun effort) força Marc à reconsidérer ses plans pour l'avenir.

Ce n'était pas qu'il était devenu plus mature. Mais l'étendue de ses relations l'avait rendu plus *lucide* envers lui-même. Pour Marc dorénavant, le véritable amour découlait de la communion de deux cahiers des charges. Le désintérêt qu'elle éprouvait à son propre endroit n'était pas un *sacrifice* pour Jeanne. Elle prenait un réel plaisir à confondre ses envies avec les désirs de son compagnon, et elle ne pouvait nier être heureuse.

Contractuellement, Jeanne avait respecté les clauses de leur projet amoureux à la perfection. Elle avait respecté l'espace de liberté de Marc (d'un accord tacite), elle savait rester à sa place (tacite). Elle promulguait en toutes circonstances la sérénité de son foyer. Car elle avait appris à aimer Marc non pas pour ce qu'il rendait mais pour ce qu'il donnait.

Comme le papier calque prend la couleur de son œuvre originelle, ses humeurs dépendaient de celles de son futur mari. Et elles étaient souvent bonnes depuis qu'il connaissait Jeanne.

Pourtant, quelque chose chez Jeanne s'était comme *déplacé*. Marc n'aurait su dire quoi exactement - il n'avait rien changé à son comportement, et même, il venait de faire affaire avec le client le plus important de sa carrière -, mais il avait cru déceler chez sa future femme comme une attitude, quelque chose qu'il ne lui avait jamais connu auparavant et qui l'inquiétait. Il avait remarqué à plusieurs reprises une pointe d'indifférence dans son regard. Il jurait que le visage de Jeanne était divisé en deux parties adverses, dont les camps s'étaient établis sur la langue et dans les yeux. Non, Jeanne n'avait pas le discours de son regard ces derniers temps. Il en était très préoccupé.

10

Victor s'était rendu chez son frère à reculons. Il n'avait pas véritablement parlé à Marc depuis son anniversaire. De fait, Marc n'était pas au courant qu'il avait rompu avec Lola. Il n'en avait par ailleurs rien dit à personne. En acceptant son invitation, ils avaient scellé sous les « ok » et les « tu passes à quelle heure » la promesse implicite de faire *exactement* comme si de rien n'était. *Rien* était encore la dernière chose supportable dans la vie de Victor.

À son arrivée, Marc avait pris son frère dans ses bras. Il était inhabituel que ces deux-là se touchent. Mais Marc était gêné. Après tout, c'était injuste : il réussissait sa vie professionnelle, il avait trois beaux enfants, et voilà qu'il avait rendu ses fiançailles publiques le jour où son petit frère avait déballé la date de la mort de son histoire d'amour. Il était maladroit mais pas *indélicat*. Aussi, il ne releva pas l'absence de Lola. Il retira la veste du dos de son frère, lui servit un verre et appela ses fils pour qu'ils le saluent. Ils se mirent à table. Seule Jeanne manquait à l'appel, occupée à calmer le troisième enfant de Marc, qui ne faisait ni ses nuits, ni ses siestes, et dont les cris stridents déroulaient dans sa tête chaque fois le film d'un orgasme duquel il provenait. Le manque de sommeil la fragilisait.

11

À table, les enfants étaient surexcités.

- C'est parce qu'on les emmène à Disney, avait dit Marc car il venait de conclure un projet avec la filiale française.

- Et les gens sont payés pour faire la queue ?, avait demandé Victor sans aucun intérêt.

Car depuis l'annonce de la fin de son couple, sa vie n'avait été qu'une succession de plans de coupe.

- Exactement. L'achat en masse de coupe-files a multiplié le temps d'attente. Moi, je propose qu'une personne fasse la queue pour un visiteur, et lorsqu'il est arrivé à l'attraction, le client lui subtilise sa place. C'est drôle, hein ?

- ...

- Et n'importe qui peut le faire pour se faire un peu d'argent. Le parc les fait rentrer gratuitement à condition que le « coupe-fileur » permette à son client de faire au moins trois attractions. Plus il attend, mieux il est payé.

- ...

- Tu pourrais le faire de temps en temps ! C'est la pleine saison !

- Mon chéri, ton frère enseigne le piano, avait dit Jeanne.

Victor n'avait même pas remarqué son absence à la table. Jeanne se servit une énorme plâtrée de coquillettes, ce qui étonna son futur mari mais il n'osa pas le commenter. Le silence se fit. Même les enfants avaient cessé de se chamailler, imitant l'apparente (et efficacement feinte) placidité de leur père.

Victor, qui n'avait toujours rien à dire à Jeanne, lui sourit. Puis ils mangèrent jusqu'à ce qu'un cri ne vienne perturber leur digestion. Jeanne fit glisser sa chaise vers l'arrière et se dirigea vers la chambre de l'enfant sans dire un mot.

- Et toi, mon frère, comment vont les affaires ?, avait demandé Marc pour donner le change.

- Tu veux dire, les cours ?

- Euh... oui.

- C'est calme en ce moment...

- Et vous les enfants, vous n'aimeriez pas ça, faire du piano ?, avait demandé Jeanne sans qu'on ne l'ait vue réapparaître.

Victor vit son frère pâlir. Mais comme celui-ci n'osait toujours pas regarder Jeanne, il condamna des yeux les deux garçons, dont l'excitation grandissait de façon exponentielle. Il était probable que cela fut une décision qui incombait à leur père. Mais Victor ne pouvait cracher sur cette soudaine rentrée d'argent.

Quand Marc finit par accepter de financer leur nouvelle lubie, ses fils sortirent de table et allèrent se rouler dans le jardin. Jeanne les surveillait de loin, du moins pouvait-on l'imaginer, car même sur une photo panoramique, elle aurait trouvé le moyen de disparaître dans un coin.

- Tu n'as pas remarqué... quelque chose ?

- Remarqué quoi ?, dit Victor.

- Elle a changé... *Non* ?

- Qui a changé ?

- Jeanne... Tu trouves pas qu'elle a changé ?

– Mais qu'est-ce que tu racontes ? répondit Victor bien incapable de se remémorer la moindre caractéristique de Jeanne.
– Je te jure, parfois, j'ai l'impression… Je me demande si ces quarante-sept années lui sont pas montées à la tête…
– …
– Excuse-moi… Excuse-moi…, s'était précipité Marc, conscient de son indélicatesse.
– Non… C'est pas grave…
– Je suis désolé… Avec le travail…
– …
– Je suis stressé…
– Ça va…
– Et…
– Quoi ?
– Je veux dire… Et *toi* ?

Victor regarda son frère. Il était en colère. Marc avait formulé cette question en faisant glisser son index sur le rebord de son verre. Elle ne lui avait pas *échappée* (Marc se demandait depuis des semaines comment aborder le sujet avec son frère). Victor n'avait évoqué sa situation qu'avec Chloé et voici qu'en l'inscrivant dans le flot d'une autre conversation, il la rendait réelle, effective, *fondée*. Il entreprit de laisser à sa nouvelle condition l'hésitation de sa réalité. Il fit un mouvement de la main, un de ces « ne t'en fais pas » gestuel. Mais lorsqu'il demanda après sa veste, ses yeux s'étaient embués. Il ne savait plus où il en était.

12

Le retour de Lola chez ses parents avait insufflé une dynamique nouvelle au cœur de leur couple. S'érigeaient quotidiennement dans la cuisine familiale de multiples conciliabules en rapport avec l'état actuel de la situation : à quelle heure s'était-elle couchée, levée, était-elle sortie de sa chambre, combien de fois avait-elle refusé qu'ils y rentrent, qu'avait-elle mangé, etc.

Globalement, elle avait peu parlé. Ils avaient décidé de ne pas lui poser de questions *directes*, mais son refus systématique de récupérer son téléphone ou d'avoir accès à une quelconque information provenant du monde extérieur leur fit admettre, qu'effectivement, il existait un problème avec Victor. Sûrement était-ce lié au dérapage de la fois précédente, pensèrent-ils.

La seule raison pour laquelle Jacques accepta de ne pas implorer sa fille à son chevet fut l'assurance de sa femme : Lola avait rédigé quatre-vingt-dix-huit pour cent de sa thèse en l'espace de quelques nuits. Il fallait *absolument* la laisser aller à son rythme.

13

Entre deux Gymnopédies, Victor reçut un coup de téléphone. Il s'agissait de Marc. Son frère ne l'appelait jamais.

- Ça va ?, avait demandé Victor, inquiet.
- Bah oui, et toi... ?
- Qu'est-ce qu'il y a ?
- Bah rien...
- C'est Jeanne qui t'a dit de m'appeler ?
- Mais non... J'ai un copain à la Mairie qui cherche des musiciens pour faire la bande-son de la ligne 13.
- La 13 ? Mais tout le monde déteste la 13.
- C'est un projet de la RATP. Enfin bref, je lui ai dit que je t'en parlerais.
- Tu fais ça par pitié ?
- Tu es vraiment compliqué...
- J'ai le temps de réfléchir ?
- Non.

C'était étrange de le verbaliser, mais Victor n'avait jamais *travaillé*. Il était simplement allergique à l'idée de louer son esprit à une société.

Il avait vu son père aller au travail chaque jour de son existence en traînant les pieds, et cela l'avait traumatisé. L'idée d'imaginer que l'homme qu'il avait aimé, à quelques heures de sa mort, s'était formulé avec une parfaite lucidité qu'il avait passé seize mille quatre cent vingt-cinq jours de sa vie à opérer des transactions sur les marchés financiers lui avait tordu le cœur. Travailler, pensa Victor, c'est être payé à n'avoir pas vu la vie passer.

- Je peux le faire de chez moi ?, avait-il demandé.
- Je crois.
- Bon...
- Ça va te faire du bien, tu sais.

Et Marc avait raccroché.

C'était peut-être les paroles les plus sensées qu'il ne lui avait jamais adressées.

14

On croit que les gagnants et les perdants forment deux camps opposés dans lesquels interagissent le pouvoir ou les malheurs du monde. Mais Victor se mit à penser différemment. Selon lui, il était dorénavant plus juste de nommer ces deux entités (*Sagesse* et *Immaturité*). Les obstacles de la vie, pensait Victor alors qu'il s'était mis au piano, surgissaient dans le seul but de passer d'une équipe à l'autre. Et ainsi, se formulait-il à mesure qu'il composait, il devait s'efforcer à maturer.

15

Chloé était restée l'oreille collée contre le mur, tout le long des bredouillages musicaux de Victor. Un espoir qu'elle avait tenté de chasser s'était incrusté dans son esprit : elle s'était reconnue dans cette mélodie. Oui, cette mélodie lui était comme adressée. Elle attendit qu'il ait fini de jouer pour aller frapper à sa porte.

- Voudrais-tu dîner avec moi ce soir ?
- Bien sûr, avait répondu Victor.
- Parfait...
- Tu as... changé quelque chose, non ?
- Rien du tout... Je me suis juste un peu maquillée...

Chez elle, ils passèrent une délicieuse soirée. Elle lui expliqua d'où elle venait (un village au-dessus de Grenoble ; des névroses comme les autres) et ils bavardèrent légèrement, comme dispensés du chagrin pour un bref moment. Puis, gargarisée par le naturel de leur échange, Chloé donna libre cours à ses pensées. À vrai dire, cela faisait quelques jours qu'elle voulait en parler à Victor. Elle agitait ses mains dans les airs, exaltée par la joie nouvelle d'un bagage qu'elle avait vidé. Elle se sentait beaucoup mieux. Et même, elle avait *cicatrisé.*

– Il paraît que le temps aide, oui..., avait dit Victor.

– Je ne crois pas que ce soit cela..., avait-elle répondu à demi-mot, et elle posa une main sur la sienne.

– Je sais que c'est un peu rapide... Mais...

– ...

– Tu sais, j'ai l'impression qu'on ne s'est pas rencontrés par hasard, voilà...

– ...

– Tu ne dis rien ?

Mais que pouvait dire Victor ? Qu'il ne disait rien car il n'en pensait rien ? En vérité, il était toujours bien trop amoureux pour pouvoir imaginer une seule seconde ne serait-ce que frôler une main étrangère, songeait-il en reculant maladroitement sa chaise.

– Excuse-moi, déclara la jeune femme, je suis allée trop vite, je suis... désolée...

– C'est de ma faute...

– Je vais t'attendre...

– Ne m'attends pas.

– Mais... Il y en a pour moins d'un mois..., avait dit Chloé, et elle regretta immédiatement ses paroles.

Victor s'était levé sans pouvoir la regarder.

Il avait parlé de Lola à cette femme durant des heures, pensant ainsi chasser toute ambiguïté. Mais on ne pouvait en vouloir à quelqu'un dont l'amour avait érodé la lucidité. Il en savait quelque chose.

Une fois chez lui, il alla se passer de l'eau sur le visage et constata qu'il était blafard. Son teint mal-au-cœur était en définitive assez raccord avec sa palette interne.

16

La possibilité du départ de Lola ne vint plus ni à l'esprit de Sylvie, ni à l'esprit de Jacques. Comme un bébé survient les mains vides, Lola était arrivée sans bagage. Faire le guet des heures durant, à l'affût de la moindre manifestation de vie, s'était révélé être une activité plus que réjouissante, qui les avait liés. On croit que les parents ne souhaitent que le meilleur à leurs enfants mais le bonheur n'a jamais fait revenir personne.

Ils ne l'avoueraient jamais, mais, au creux de la dépression de leur enfant, Dieu qu'ils avaient été heureux.

17

Il était cinq heures de l'après-midi le lendemain lorsque Lola sortit de chez ses parents pour prendre l'air. Elle venait de mettre un point final à sa thèse. Respirer le dehors lui fit tant de bien qu'elle continua à errer et ainsi, elle se laissa porter sans but, au hasard de la ville, sans remarquer qu'elle n'avait cessé d'avancer.

Bientôt, elle se retrouva à l'opposé de chez elle. Il faisait nuit mais Lola continua à marcher, hypnotisée par la vie extérieure, annihilée d'elle-même. Lorsqu'elle réalisa qu'elle était à cinq cents mètres de son appartement, elle emprunta le boulevard qu'elle avait emprunté tant de fois auparavant, et, l'espace d'une seconde, fit semblant de le remonter tel qu'elle aurait dû le faire pour rentrer chez elle, comme si et *exactement* de rien n'était.

Alors elle passa devant Franprix, elle passa devant Camaïeu, elle passa devant cette coiffeuse chez qui elle ne remettrait jamais plus les pieds, puis elle continua et, sans qu'elle ne l'ait réellement souhaité (en réalité, elle l'avait désiré ardemment mais l'avait redouté), elle se retrouva devant son interphone.

Puis, foutu pour foutu, elle appuya sur la sonnette.

18

Devant la porte, elle avait hésité. Elle s'apprêtait à faire demi-tour lorsqu'il avait finalement ouvert. On ne pouvait pas dire que Victor fût surpris. En réalité, son retour rendit au flou de ses derniers jours une imparable clarté.

Pour qui s'étaient-ils pris, à lutter contre l'Évidence ? L'apparition de Lola était d'une implacable normalité. Il ne pouvait vivre autrement qu'avec elle. Pourtant, il courut vers la cuisine, ouvrant ses placards, tirant des tiroirs, s'affairant à *tout*, pourvu qu'ils n'établissent de contacts visuels trop fréquents. Regarder Lola dans les yeux était bien trop dangereux pour le semblant d'équilibre qu'il s'était créé après son départ.

C'était idiot, mais il avait peur de rechuter.

- Qu'est-ce que tu fais ?
- Je fais une machine, avait dit Victor.
- La machine est dans la salle de bains.
- ...
- Tu ne veux pas me parler ?
- Non.
- Tu ne veux pas me parler ?
- C'est trop douloureux.

- Je veux juste savoir comment tu vas...
- Comment veux-tu que j'aille ?
- ...
- Et toi ?
- Je vais comme toi...

Ils s'étaient rapprochés sans qu'ils s'en soient réellement rendu compte, exposant leurs visages à exactement dix-sept centimètres l'un de l'autre, rendant l'esquive de Victor compliquée. Ces quelques jours de séparation ne l'avait pas aidé une seule seconde à moins l'aimer.

Elle tendit la main vers son cou, et, sans échanger un mot supplémentaire, s'approcha encore de sa bouche. Il se l'était promis, mais il avait craqué. Elle crut se sentir mieux mais il n'en fut rien. Au cœur du ravage, personne ne connaît l'apaisement. Pourtant, quand ils avaient fini par se jeter l'un sur l'autre, ils avaient expiré, les mains toutes quatre en promenade de santé. Puis, quand ils en vinrent, chacun à leur manière, au terme de leurs agitations, ils décidèrent que rien d'autre n'importait plus maintenant que de profiter. D'exploiter abusivement de la présence de l'autre.

Ils passèrent la journée enlacés. Trop heureux de s'être retrouvés. Minimisant les souffrances à venir.

19

Lorsqu'ils entendirent sonner, ils étaient toujours allongés. « Tu as commandé quelque chose ? » avait demandé Victor, mais Lola haussa les épaules. La faim était un paramètre que le corps de Lola avait effacé. Il l'avait priée de se rasseoir mais elle s'était levée et demanda « Qui est-ce ? » à voix haute sans qu'il n'ait le temps de la rattraper.

Quand elle ouvrit la porte, il n'y avait personne.

20

Avant de se coucher, Victor et Lola reçurent un e-mail.

À sept jours de la fin de leur histoire, la compagnie *TimeWise* proposait à leurs adhérents une offre promotionnelle : un recalcul exceptionnel des pourcentages des raisons de leur séparation.

S'ils le souhaitaient, Victor et Lola pouvaient, à compter de minuit, recevoir instantanément les résultats de spéculations plus concrètes.

Passées vingt-quatre heures, le prix de leur sondage individuel augmenterait graduellement. Cela était infect, mais les modalités d'un amour fluctuaient selon la loi du marché.

- Tu en penses quoi... ? avait demandé Lola.
- Je ne sais pas...
- Attends.
- Quoi ?
- Tu n'as pas entendu quelque chose ?
- Non ?
- Mais si, là..., et elle mit son doigt sur la bouche pour qu'il prête bien attention. Alors, tu entends ?
- Non...

– C'est bizarre, on dirait une fille qui pleure.
Victor l'embrassa puis il se dirigea dans le salon. Il expliqua qu'il devait la laisser juste un moment, pour se remettre à sa composition.
Lorsque les larmes voisines se mirent à l'arrêt, il venait de terminer sa partition.

21

Sur le point de s'endormir, Victor fut pris de crampes violentes au niveau de la poitrine. Lola avait appelé son père qui lui préconisa un massage particulier mais cela n'avait rien changé. Incapable de respirer, Victor fut bientôt pris de toux, et il toussa, il toussa tant et tellement que, lorsqu'il retira ses mains de son visage, il était redevenu blanc. Ses difficultés respiratoires empiraient. Lola rappela son père en catastrophe, mais la situation était difficile à lui expliquer. Quant aux urgences, cela leur prendrait la nuit et Victor et Lola n'avaient littéralement pas une minute à perdre.

Victor proposa d'attendre que cela se calme (mais cela ne s'était pas calmé), et ils tournèrent en rond à la recherche d'une solution. Ils avaient pourtant changé leur alimentation, ils faisaient attention lorsqu'ils traversaient, ils vivaient pour ainsi dire calfeutrés dans la chaleur, cajolant leurs dernières bactéries communes. Leur système immunitaire étant, essentiellement, le camp de vacances du microbe opposé. Mais Victor continua de ressentir une douleur thoracique telle qu'il n'avait même plus la force de parler.

- OK, ils disent qu'il existe un département spécialisé pour ce que tu as, avait dit Lola en lisant les commentaires d'un forum médical approuvé par le ministère de la Santé.

- C'est où ?, souffla Victor.

- C'est une clinique... *TimeWise*.

- Tu crois que...

- Je crois qu'on ne fera pas plus rapide et plus complet.

Elle attrapa sa veste et la sienne et elle l'aida tant bien que mal à descendre les escaliers.

22

Au 30, boulevard de Septembre se tenait l'établissement médical spécialisé dont la queue s'étalait sur plusieurs dizaines de mètres. Victor et Lola s'y étaient immiscés, car l'on prenait place en bout de fil mais de nouveaux patients s'y faufilaient aussitôt.

Bousculés de toutes parts, Lola avait fini par cesser de parler, l'énergie droite dirigée à maintenir leur position, car des patients reniflaient, des patients criaient, des patients suppliaient, des patients espéraient, puisque tout un chacun reste invariablement inégal devant l'extinction de son amour.

À quelques secondes du sas de sécurité, Lola l'embrassa comme elle le pouvait (puisqu'il continuait à toussoter). Elle l'attendrait ici, derrière les portes vitrées. Il suffisait qu'elle sente un millilitre de désinfectant pour vaciller. Cela lui rappelait trop son père et le nombre de fois où elle avait cru le perdre. Elle regarda Victor s'acheminer vers l'intérieur tel un faire-part de leur échec, et prit une grande inspiration. Son attente serait une apnée.

23

Dans le laboratoire d'analyses, Victor fut prié de se présenter à l'accueil. Une jeune femme à blouse (mais qui n'avait de médical que le blanc) lui demanda ses papiers d'identité, un justificatif de domicile - mais à quoi cela pouvait-il servir, lui demanda Victor, une grande partie des patients ici présents devaient être sur le point de changer d'adresse - et sa Carte.

Après avoir retiré son ticket, il alla s'asseoir dans la salle d'attente - un vaste corridor de quinze mètres de long s'étendait dans le silence, bien que perturbé par d'inopinés sanglots, qui de temps à autre, en poussaient certains à quitter la salle expéditivement.

Victor parcourut le couloir jusqu'au fond, incapable de se trouver une place, et il resta appuyé contre le mur, debout.

Autour de lui, des femmes et des hommes de tous âges, yeux rivés sur leurs écrans, fuyaient le moindre contact. Beaucoup étaient venus en couple, et ceux-là étaient facilement reconnaissables. Les bras, les mains liés, ils se déplaçaient tel un monstre à double tête, empêchés de regarder quiconque, incapable d'autre chose que de respirer. Mais cela était à peu près le cas de tout le monde dans la pièce.

Victor avait assisté à ce triste bal peut-être durant deux heures, il avait vu se lever d'impuissantes entités, au gré des chiffres et des lettres, des tickets de chacun, et, pour tromper le temps (car il n'était pas question de le faire *passer* mais de l'oublier), il s'approcha de la petite table basse. En lieu et place de magazines de l'an mille aux nouvelles dépassées, trônait sur le verre dépoli une pile de magazines commerciaux et Victor en saisit un sur le tas pour le feuilleter. La compagnie annonçait à ses particuliers avoir ouvert une annexe nouvelle : *TimeWise Insurance* offrait à ses clients une assurance vie aux taux et avantages mirobolants.

24

Lorsqu'il fut enfin reçu par un médecin, ses spasmes avaient quasiment disparu. (En réalité, il s'agissait d'une pièce exiguë sans fenêtre ni oxygène où l'y attendait un vieux monsieur et une roulotte sur laquelle reposait un paquet de seringues stérilisées.) Le médecin le pria de s'asseoir et de boire un énième verre d'eau. « Ce sont pour vos urines », lui dit-il, mais il avait le dos tourné.

Victor descendit son verre d'une traite, impatient d'en terminer. Il n'était plus sûr d'avoir fait le bon choix et il tremblait. Que recherchait-il ici ? La parole rassurante que prodiguait une bonne santé ? Victor n'avait pas besoin de promesse. La promesse était un engagement pour ceux qui avaient le temps. Et Victor n'en avait plus.

- Vous avez une très mauvaise tension...
- Je suis resté debout pendant deux heures.
- Vous consommez de la viande ?
- Je suis végétarien.
- Vous avez un excès de fer, c'est étrange..., avait dit le médecin comme il aurait pu sortir une pipe et un calepin. Vous vous mettez là-bas, je vais vous faire passer une IRM cardiaque.

Le médecin attrapa le bras de Victor avec la sensibilité d'un boucher et il le mena dans le vestiaire. Il avait à peine eu le temps de se déshabiller qu'un inconnu était venu le chercher. Victor fut frappé par sa beauté. L'inconnu l'allongea sur une table, cingla sa taille, lui expliqua qu'il connaîtrait bientôt un fort sentiment de chaleur et il lui glissa un bouchon dans chaque oreille.

Puis, il prit le bras de Victor pour lui faire une perfusion et fit rentrer la table dans l'anneau de la machine avant de rejoindre une petite cabine.

Victor sentit monter en lui un bouillon interne.

Il y avait de la lumière blanche dans le tunnel, et cela finalement n'était que la préfiguration de sa vie à venir, pensa-t-il.

Victor resta bloqué dans la machine pour ce qui lui sembla être une éternité.

L'enfermement, la chaleur et le bruit l'avait secoué.

Le manipulateur était venu lui retirer sa perfusion. Abruti de ses longues minutes passées dans la fièvre et l'immobilité, il flageolait.

– Ce n'est rien Monsieur, vous êtes en train de faire un malaise vagal.

– ...

– Vous m'entendez ?, s'était inquiété le manipulateur mais Victor avait rouvert ses yeux et il s'accrochait.

– Je... Ce n'est pas risqué d'embaucher... quelqu'un... comme *vous* ?

– Comme moi ?

– Vous... vous ne vous faites pas draguer à longueur de journée ?

– Si. Mais ça ne craint rien, Monsieur, avait répondu l'inconnu à qui on posait cette question cinq fois par jour. On ne nous embauche pas à moins de cinq ans de relation garantie, et il attendit que Victor se rhabille pour le ramener vers son médecin.

25

Au sortir de la clinique, les traits tirés, Victor s'appuya sur l'épaule de Lola et se fit asseoir dans un taxi.

- Alors ?, avait-elle demandé, paniquée.
- Ce n'est rien. C'est psychosomatique.
- Et c'est tout ?
- Juste un début de takotsubo. Mais rien d'alarmant.
- Un début de quoi ?
- Juste le ventricule gauche de mon cœur légèrement déformé. Mais rien de spécial...
- Mais c'est grave ?!
- Le médecin dit que c'est le syndrome des cœurs brisés. Il n'a que ça dans son cabinet.
- ...
- Il dit que ça va se dilater et reprendre sa forme normale.
- Mais qu'est-ce qu'il faut faire ?!
- Que je me détende...

26

Elle n'avait pas réfléchi longtemps avant de proposer à Victor de partir en voyage. Après tout, rester dans cet appartement était invivable. Le seul moyen de lui apporter un peu de repos serait de le sortir de ce cimetière conjugal.

Financièrement, leur rayon touristique ne pouvait être trop élargi, mais Lola n'en fut pas contrariée. Ils ne pouvaient se rendre dans un endroit trop romantique, trop *idéal*, sous peine de rendre leur rupture encore plus compliquée. Comme une employée de la dernière semaine, ses preuves d'amour ne pouvaient produire que le minimum syndical.

Ensemble, ils téléchargèrent une carte de France.

– J'adore Nice...

– C'est un peu trop... *bien*, non ?, avait objecté Lola.

– Ou alors, il y a Le Havre, Brest...

– L'important, c'est qu'il n'y ait pas la mer, avait-elle dit de nouveau, car la mer lui avait toujours donné l'envie d'aimer.

Ni trop reculé, ni trop littoral, Lola mit le doigt quelque part dans le Lubéron et laissa Victor le déplacer sur la commune de sa préférence.

27

Victor et Lola avaient tout imaginé. Traverser l'Atlantique en bateau-stop, lézarder sur le sable corse, faire du trek au Tibet ; ils avaient fantasmé des bâtiments en verre, des artisans négociant en anglais, en hindi, en bengali, ils auraient pu accepter de se rendre n'importe où en Afrique, en Europe, et pourquoi pas en Normandie. Ils avaient tout imaginé, oui, sauf de se rendre dans une commune du Vaucluse dont les pratiques culturelles se résumaient au musée de la Boulangerie et au jardin de la Louve, et cela à sept jours de leur rupture.

Mais puisque rien n'était trop beau pour leur déchéance, elle prit sa nuisette la moins jolie et réserva leurs billets.

28

Le voyage dura plus de cinq heures. Quand ils arrivèrent à Bonnieux, en taxi depuis Cavaillon, ils étaient épuisés. Pendant le trajet, ils tapèrent un nombre incalculable de *mots-clés* dans leurs barres de recherche, mais les cent soixante pages Google n'y changèrent rien. Il y avait bien cette *Nuit des étoiles filantes*, mais c'était une soirée à potentiel romantique trop élevé. Ils finiraient par passer leur week-end enfermés. Morts de chaleur et ennuyés. Mais ménagés.

Ils déambulèrent dans les rues à la recherche d'un hôtel. Dans une commune de moins de mille quatre cents habitants, ils étaient certains de tomber sur un voisin ou un commerçant qui connaisse, sinon superficiellement, un endroit correspondant à leurs recherches. Car ils n'avaient trouvé en ligne que des hôtels charmants aux chambres pittoresques. Ils se rendirent sur la place du village. Il faisait encore jour et un couple assez âgé était en train de prendre l'apéritif sur une petite terrasse dont la circonférence était proportionnelle à la toile d'un de ces parasols siglés. Victor et Lola s'en approchèrent. Ils expliquèrent être à la recherche d'une chambre dans le coin à des prix abordables.

Le couple répondit dans un français approximatif. Ils avaient atterri là par hasard, prenant les hauteurs de Bonnieux pour la Bastide de Gordes.

Exténués, ils tombèrent sur « La Flambée », un hôtel-pizzeria, et y prirent une chambre. Ils regrettèrent leurs hôtels charmants mais se rassurèrent. On n'ouvrait pas un hôtel-pizzeria sans avoir un minimum de confiance en soi.

29

Ils posèrent leurs bagages (en réalité, le minimum vital : deux chargeurs et un change) et descendirent dîner. La jeune femme de la réception vint prendre leur commande. Sûrement la fille des propriétaires cherchant à faire fructifier ses étrennes au cours de l'été. Après une rapide introduction, Victor et Lola s'enquirent des activités alentours. « Ah, désolée, je vais pas pouvoir vous aider… Je suis arrivée hier… C'est beau ici, n'est-ce pas ? J'avais envie de me rapprocher de la nature… Avant mon master… C'est important de… » Victor et Lola avaient décroché. Ils sourirent le long du monologue puis tendirent leurs menus à la serveuse. Quand elle prit finalement congé, ils s'empressèrent d'éteindre la bougie qui trônait au milieu de la table. Cela ne rentrait pas du tout dans la charte d'un couple en déréliction.

30

En leur apportant la note, elle leur conseilla tout de même d'aller voir du côté de l'office du tourisme. « Ouvert à partir de 9 heures », avait dit la jeune femme, ravie d'avoir pu intégrer si rapidement une scène de la vie villageoise.

31

En éteignant la lumière, Victor fit le compte des restes de son histoire d'amour. Au bout du sommeil, ne resterait plus que six jours. Aussi faisaient-ils des nuits de plus en plus courtes, minimisaient-ils le temps passé loin de l'autre, endormis ou éveillés. Ils passèrent la nuit sans faire de rêves. Quand l'existence est trop riche, l'inconscient fait page blanche.

32

Le lendemain matin, Victor et Lola quittèrent l'hôtel dès qu'ils furent habillés. Il pleuvait. Ils trottinèrent péniblement sous les trombes et trouvèrent refuge sous le préau à taille réduite de l'office du tourisme.

À l'intérieur, une femme seule s'affairait à remettre ses brochures en place.

- Bonjour...

- Oui, le musée de la Boulangerie est fermé pour travaux. Je suis désolée.

- ...

- Vous êtes en vacances ici ?

- Oui...

- Mes pauvres. Ils ont prévu de la pluie tout le week-end.

- Oui, on sait.

- Si le ciel s'est dégagé, allez voir à la soirée des Perséides.

- ...

- Les étoiles filantes...

- Vous n'auriez pas quelque chose de moins... *romantique* ?

L'hôtesse les toisa curieusement.

– Euh... Autrement, il y a la projection de *Maman, j'ai raté l'avion 2* à la salle des fêtes...

– Parfait.

– Absolument parfait.

– ...

33

Tout au bout de la route du Pont-Julien, au beau milieu de la verdure et d'un champ de lavande, s'étalait un vaste local, aux volets fermés. Il ne pleuvait plus maintenant, mais le ciel était lourd. Devant la salle des fêtes, une foule sortie tout droit d'on ne savait où, se pressait pour prendre les meilleures places.

Victor et Lola passèrent les deux heures et dix minutes suivantes à se tordre le cou.

À la fin de la projection, les familles s'étaient pressées vers leurs voitures comme on s'échappe d'un Zénith en plein bis. Un couple qui s'approchait d'eux leur proposa « On va voir la Nuit des Étoiles à la forêt des Cèdres, on vous emmène ? » et leur tendirent une cigarette. De l'échange qui avait suivi, le couple ne s'était pas adressé un mot, comme soulagés d'avoir pu meubler cinq minutes d'une complicité en fin de course. Victor et Lola hésitèrent un instant, mais ils finirent par accepter. Après tout, n'était-ce pas là le signe qu'il faille s'accorder juste un petit bonheur de *rien* du tout ? Dans la voiture, l'homme et la femme ne s'étaient toujours pas adressé la parole, forçant Victor et Lola à varier les sujets aussi souvent qu'ils croisaient de panneaux de signalisation (et on pouvait croire le contraire mais ils étaient assez nombreux dans la région). Puis, soudain, la conductrice manqua un virage et son mari s'énerva démesurément, construisant échec par échec le fil de ses ratés comme s'il entreprenait de faire l'exégèse complète des erreurs de sa femme.

L'épouse était restée calme tout du long, suscitant l'admiration de Victor et le respect de Lola. « Excusez-nous, leur avait-elle dit en les déposant sur le parking, on vient d'apprendre qu'on se séparait bientôt. »

34

Dans une clairière à peine éclairée par le ciel, ils s'assirent têtes en l'air au milieu d'une flopée de couples, comme si l'essaim de météores était le nouveau gui à la mode. Lola aurait juré avoir senti une goutte d'eau mais elle se tut, et pour tromper les présages alentours, elle caressa Victor. Il y avait des choses qu'elle ne pouvait plus dire, mais elle avait toujours adoré parler avec les mains.

Finalement, il avait plu de nouveau, forçant chacun à se précipiter vers sa voiture. Les Perséides avaient traversé l'éther dans le noir et chacun rentra chez soi dans l'orage. Refusant de faire un chemin inverse à leur trajet de retour, le couple de la salle des fêtes déposa Victor et Lola au beau milieu d'une départementale et ils remontèrent ainsi deux kilomètres de la D36 complètement trempés.

Sur la route, l'action de leurs jambes, toutes réquisitionnées qu'elles étaient à les maintenir debout, leur firent sincèrement oublier, le temps d'un instant, l'imminente séparation, et pour la première fois en cinquante-six jours, Victor et Lola riaient. Ils riaient comme si c'était la première fois (car ils n'avaient jamais ri comme cela), et ils avaient continué à courir dans le village, un peu plus longtemps qu'il ne leur en avait réellement fallu pour rentrer ; puis, une fois séchés, une fois que le dernier rire s'était échappé, Victor avait dit : « Tu pourrais me traîner à un festival de parkings dans le Lot-et-Garonne que ce serait toujours le plus beau jour de ma vie. »

35

Sur le trajet du retour, les spasmes de Victor avaient cessé. Mais en lieu et place d'une cage thoracique instable, sa vision s'était brouillée. Il s'installa face à Lola. Le temps passé ensemble avait fomenté le long de son cours beaucoup de projets. Elle avait terminé sa thèse et commencerait à travailler. Il avait finalement trouvé un emploi et se remettait à composer.

Il avait besoin de savoir ce qu'il en serait une fois qu'ils seraient séparés.

Lola apprendrait-t-elle tout de même le chinois ? Ouvrirait-elle une fromagerie ? Appellera-t-elle son fils Sacha ? Sera-t-elle professeure de philosophie ? Passerait-elle jamais son permis de conduire ? Continuerait-elle à écouter Françoise Hardy ? Et... séduire ? Recommencerait-elle à séduire ? « Non, bien sûr que non », avait répondu Lola. Le rêve était le premier jet d'un *projet*. Il était évident qu'elle ne pouvait se projeter dans l'avenir sans lui.

La faculté d'espérer lui semblait être devenu un talent qui lui avait échappé.

36

Pour épargner leurs dernières heures, Victor et Lola décidèrent de se couper des sollicitations extérieures. Ils firent un dernier tour sur les comptes de leurs réseaux sociaux avant de déconnecter. Sur Facebook, la mère de Lola, sans nouvelles de sa fille, avait publié un billet. Elle se disait « triste » et « déçue » et ainsi, elle avait téléchargé ses propres émotions, faisant de sa page privée le communiqué de ses humeurs.

« Tu veux l'inviter à la maison ? » avait demandé Victor.

Mais jamais Lola n'aurait eu la saugrenue idée d'inviter qui que ce soit à l'intérieur de leur chapelle. Elle l'embrassa pour le remercier et rangea leurs affaires.

Lorsqu'ils se parlaient dorénavant, Victor et Lola ne faisaient plus aucun effort. En cela qu'ils échangeaient librement, sans se focaliser sur des broutilles, parce qu'elle avait prononcé un mot en *la* plutôt qu'en *sol*, parce que leur appartement était en désordre.

C'était triste à dire, mais, depuis qu'ils s'étaient astreints à ce nouveau régime, ils n'avaient jamais été si amoureux.

37

Heureux de s'accorder une dernière plage d'ordinaire, ils étaient devant la télévision lorsque la voix d'une vieille femme s'était mise à les appeler.

Elle insistait. Comment pouvait-elle savoir qu'il y avait *quelqu'un* ? Ils avaient tout barricadé.

Ils éteignirent leur poste mais la vieille se mit à frapper.

À bout, Victor et Lola finirent par lui ouvrir.

– Excusez-moi de vous déranger. J'ai une inondation chez moi. Je me demandais si cela ne pouvait pas venir de chez vous...

– Je ne crois pas..., avait répondu Lola.

– Je peux rentrer ?, avait dit la vieille femme un pied dans l'appartement, puisque, depuis tout temps, les problèmes d'inondations sont dans le code du voisinage un accord de libre-circulation.

Ils n'avaient pas eu le temps de s'y opposer que la petite vieille s'était dirigée vers la salle de bains, passant la main sous le robinet, sous la douche, sous la moindre sortie d'eau susceptible de goutter et inspecta les fenêtres, à la recherche d'un trop-plein d'humidité.

Puis, déçue de n'avoir perçu la moindre fuite sur laquelle jeter son infortune, elle se dirigea mollement vers la sortie.

- Vous avez demandé à côté ? avait dit Lola sans s'apercevoir que le corps de Victor s'était glacé.

- Y'a plus de locataire là-dedans depuis hier, ça a encore déménagé... Bon, je suis bonne pour rappeler le propriétaire de l'immeuble...

Ils regardèrent la petite vieille descendre les marches, un peu plus tassée que lorsqu'elle était arrivée. Abrutie par la solitude et par la vie. Inondée par les larmes d'une ex-locataire qui en avait détrempé son plancher.

38

À soixante-douze heures du jour dernier, ils coupèrent complètement leurs téléphones.

Qu'avaient été les choses qu'ils avaient pris le plus de plaisir à faire ensemble ? Comment s'étaient-ils le mieux *aimés* ? Ils iraient chercher leurs moments de bonheur, ils se rendraient au plus près de ce qu'ils avaient chéri, ils ne s'attarderaient que sur le bon.

Et pourquoi pas, finalement, se mit à penser Victor.

Après tout, lorsque l'on est amoureux, la vie est un roller-coaster permanent.

39

Le cœur battant, Lola réserva deux places pour le film le plus populaire du moment. Elle prit soin de choisir l'un des créneaux les plus plébiscités dans le multiplex de leur quartier. Ils étaient arrivés juste à temps avant que la file ne soit trop longue, près des portes de la salle 2. Victor et Lola avaient tellement aimé se rendre au cinéma ensemble. Ils avaient cru pouvoir faire de cette dernière fois un moment de beauté, mais ils en étaient fracassés. Ils trouvèrent *in extremis* les deux dernières places côte à côte au premier rang, juste à temps avant que le film ne commence. C'était un de ces blockbusters américains dont il suffisait de connaître le titre pour avoir vu le film. Mais, à dire vrai, Victor n'avait aucune idée de ce qu'il voyait. Il était resté intégralement tourné vers Lola. Sur son visage se jouait une super-production dont il ne serait bientôt plus spectateur. Il avait déjà énormément souffert mais cela acheva de lui tordre le cœur. Pour autant, il ne décolla pas son regard. Des gens criaient dans la salle alors qu'elle venait de lever les yeux vers lui. Pas plus concernée par le film, et au moins aussi bouleversée. Finalement, pensa-t-il, tout ceci était assez cohérent. Il avait projeté sur elle ses attentes, ses espoirs, et ses désirs. Elle avait été le grand écran de sa vie. Il était logique qu'elle en devienne le générique de fin, aussi.

40

Cette nuit-là, ils firent l'amour comme si c'était la première fois. Non pas par mélancolie, non pas par spleen. Non pas par ennui, ni particulièrement par planning, mais simplement car l'union de leurs deux corps avaient toujours et simplement mû vers une ascension inédite. Puisque l'habitude, dans le cas de Victor et Lola, restait un éternel éblouissement. Il avait d'abord cru qu'il n'y arriverait pas, mais il avait suffi qu'elle le caresse pour que se réveille son empressement. Et ainsi, ils s'aimèrent une dernière fois. C'était encore ce qu'il y avait de mieux à faire. De mémoire, jamais le plaisir n'avait demandé l'heure.

41

Pour leur dernier dîner à l'extérieur, ils décidèrent d'aller chez Meng. Où auraient-ils pu se rendre autrement ? Ils avaient fêté ici plus de bonnes nouvelles que Meng n'avait connu de clients. C'était aussi dans ce restaurant que Victor avait proposé à Lola d'emménager avec lui. Elle en avait été bouleversée. Elle s'était jusqu'ici considérée incapable de vivre avec qui que ce soit. Le fait qu'elle en ait ressenti une joie aussi dense l'avait confortée. S'était alors dressé devant elle un bonheur auquel elle n'avait jamais pensé avoir accès.

Ainsi, Victor et Lola retrouvèrent le même aquarium, oui, la même musique traditionnelle, les mêmes banquettes en bois, et pourtant, une sorte de lumière crue s'était jetée sur le lieu dans sa globalité ; faisant d'une splendeur une jeune fille décevante qui avait plu dans la pénombre. Victor et Lola s'assirent à la table où ils s'étaient dit le plus de jolies choses, c'est-à-dire entre l'aquarium et la fenêtre, et ils se concentrèrent sur leurs menus, comme si cela avait pu leur évoquer la faim. Il était difficile de déchiffrer l'écriture nasillarde de Meng (car c'était exactement comme s'il écrivait du nez), mais ils connaissaient le menu par cœur et commandèrent de tête, sans même regarder la serveuse. En dehors de leur tête-à-tête, le monde n'existait de toute façon pas. Et quiconque réfute cette phrase n'a pas dîné chez Meng en présence de Victor et Lola.

- Je vous ai mis des nems à la place des vapeurs, avait dit Meng en leur serrant la main.

- Ah oui, avait dit Lola.

- Ça ne va pas ?, avait demandé Monsieur Meng, car en ses lieux il était le maître.

- On est juste... fatigués...

- Fatigués ?, avait demandé Meng.

- On se prépare pour...

- Un long voyage..., avait dit Victor, car c'était finalement assez juste, outre le fait qu'il ne connaîtrait de retour.

Meng les avait toisés longuement. Puis il déposa lui-même chacun des plats commandés sur leur table. En réalité, ils n'avaient rien à voir avec ce qu'ils avaient commandé, mais Victor et Lola en furent émus et lui adressèrent un sourire de gratitude. Ils avaient été incapables de toucher à quoi que ce soit. Ils avaient passé l'heure à se regarder, encore, dépassés par le nombre d'images qu'il leur restait à emmagasiner. Fatigués de tourner les pages d'un catalogue qu'ils n'auraient jamais terminé. Meng ne s'en offusqua pas. Quand Victor et Lola se levèrent, il les raccompagna à la sortie et leur serra la main. Plus tendrement qu'il ne l'avait fait depuis longtemps.

42

Elle avait beau avoir lu une large quantité de livres, elle avait beau avoir vu un nombre inquantifiable de films, elle avait beau avoir échangé tout au long de son parcours universitaire avec un corps professoral brillant, Lola ne trouva rien de mieux à dire à Victor en s'endormant que : *je suis désolée.*

43

Au petit matin, Lola déposa sa thèse au dépôt électronique de la bibliothèque de son université. Pascal Lozachmeur l'invita au restaurant pour fêter son rendu définitif mais Lola prétexta une mauvaise grippe. (Et cela n'était pas si éloigné de la vérité, ses incessants frissons, en tout cas, s'y apparentaient.) Au lieu de cela, elle prit une heure de sa matinée pour en imprimer une version papier. À la poste du 18e arrondissement, elle opta pour un envoi prioritaire.

Ce n'était pas tous les jours qu'elle pouvait sauver la vie de son père.

44

La veille de leur dernière soirée, Victor s'était mis au piano. Il avait joué une demi-heure durant, malgré les coups de balai et les complaintes d'à côté. Les notes voyageaient vers Lola comme une ultime déclaration, laissant sur leur passage une pâle couleur, car la lumière s'était adjointe au temps et elle avait dégorgé.

Elle avait laissé les gammes lui faire mal. Elle ne l'avait pas lâché des yeux. Elle l'avait regardé comme l'on voit pour la dernière fois, ou du moins pouvait-elle l'imaginer, car à force de garder les paupières ouvertes, les yeux de Lola avaient commencé à brûler.

Enfin, lorsqu'il se pencha pour l'embrasser, elle lui demanda une *dernière* faveur.

45

Au troisième étage de la gare Saint-Lazare, et après avoir attendu qu'un étudiant chinois n'écorche la dernière note de la *Valse d'Amélie Poulain*, Victor s'était assis sur la banquette défraîchie. Lola s'était appuyée contre l'instrument, dos au monde et face-contre-lui, émerveillé d'écouter l'homme qu'elle aimait rejoindre les oreilles de tous, et, par conséquent, toucher les cœurs de chacun.

Elle le laissa jouer, et jouer, et jouer encore.

Tant et si bien que la rengaine avait hypnotisé une dizaine de voyageurs, et que, parmi le troupeau, l'un d'eux faillit manquer son train.

- Chanmé ce que tu fais frère, avait dit un jeune homme alors que Victor étirait ses doigts pour la première fois en une heure.

- Merci...

- C'est quoi ?

- Liszt.

- De quoi ?

- Liszt.

- Ah euh ok.

- ...

- Tu connais K-Maro ?
- Non...
- *Femme like U* ?
- ...

Encouragé par la foule, Victor poursuivit son concert une demi-heure supplémentaire, faisant de la gare une cathédrale, fidélisant chacun des passagers en partance de la voie 16.

46

À la maison, Lola attendit que Victor soit sous la douche avant de saisir le marchepied.

Elle avait été la première à s'y opposer mais elle avait changé d'avis.

Elle alluma la Carte.

Juste pour voir.

Un petit sablier clignotait frénétiquement, prêt à effectuer le rééquilibrage annoncé.

Elle cliqua.

Elle devait s'identifier.

C'était bien la dernière chose à laquelle elle avait envie de faire part de son existence, mais elle obtempéra.

Avant de passer à l'étape suivante, une nouvelle page s'était ouverte.

Il s'agissait d'un document contractuel régissant les modalités d'interaction entre le fournisseur d'un service et ses utilisateurs.

Il s'agissait de la notice d'une séparation.

Lola parcourut les lignes comme l'on marche entre les mines, avant de se raviser.

47

- Ne pas tenter de maintenir une relation amicale.
- Limiter votre consommation de sucre.
- Ne pas céder au harcèlement téléphonique.
- Favoriser une pratique sportive quotidienne.
- Ne pas recoucher avec un(e) ex.
- Exprimer vos émotions à travers une discipline artistique.
- Ne pas tenter de le/la croiser par hasard.
- S'abstenir de consulter les réseaux sociaux.
- Ne pas penser à votre première rencontre.
- Ne pas penser à votre premier baiser.
- Toute écoute du répertoire de Michel Berger est vivement déconseillée.
- S'éloigner de vos amis communs.
- Cultiver vos relations familiales.
- Éviter la fréquentation des ponts.
- Se concentrer sur votre première dispute.
- Se concentrer sur votre première déception.
- Se concentrer sur tout ce que vous avez détesté.
- Respirer.

**L'abus d'alcool est dangereux pour la santé.*

48

Dans le train Intercités n° 3349 à destination de Caen ce soir-là, un professeur de solfège avait pensé à la pièce de piano qu'il avait écoutée au troisième étage de la gare Saint-Lazare.

Il avait longuement étudié cette composition de Liszt. À vrai dire, il lui devait beaucoup. « C'est une composition inspirée d'un poème allemand qui dit *aime aussi longtemps que tu peux aimer* », répétait-il chaque fois qu'un projet sensuel nouveau se profilait.

En descendant du train, l'homme alla acheter des fleurs pour sa femme à la mémoire de ses folles années.

49

Le matin du dernier jour, Victor et Lola se réveillèrent à midi, le cœur en arrêt.

50

Sans se consulter, ils programmèrent chacun l'alarme de leurs téléphones à minuit.

51

Pour Victor et Lola, il n'était pas question de séparation. Il était *question* de la fin de tout : de perspectives, d'envies, d'aspiration, d'inspiration, de l'appréhension du monde.

Lola venait de poser la main sur la porte d'une éternité proscrite. Victor venait de poser la main sur la porte de sa propre folie. De telle sorte qu'il ne s'agirait pas de s'appliquer à vivre, mais de s'efforcer à ne pas mourir.

Mais depuis qu'il s'était levé, Victor avait du mal à marcher. Les mouvements de sa respiration étaient lents, bruyants, et Lola l'installa sur le canapé, la tête et les pieds relevés.

Une douleur thoracique s'était étalée jusqu'au bout de ses doigts, provoquant en lui-même une sensation d'oppression, d'asphyxie, d'écrasement.

Dans un élan de paranoïa, il demanda à Lola de joindre le Bureau central sismique.

Il jurait avoir ressenti une secousse.

Lola rapporta à Victor que l'on avait dénoté un tremblement de terre mais qu'il s'était produit à Brest.

Il était également peu probable qu'un séisme sous-marin dont la magnitude dépassant les six virgule cinq sur l'échelle de Richter ne crée un tsunami capable de perturber l'équilibre de leur immeuble.

Pour faire plaisir à Victor, elle coupa également le système d'eau (inondations ?) et vérifia la situation épidémique de la France.

Leurs dernières heures l'avaient dûment affaibli et Lola avait passé la journée en tailleur sur le tapis, défendue par Victor de s'éloigner de lui.

52

À trois heures de l'après-midi, ils s'enfoncèrent un peu plus bas dans l'épouvantable tic-tac de leur condition interne.

53

À 18 heures, Lola demanda à Victor ce qu'il s'était empêché de faire à *cause* de son couple.

Avait-il bridé ses ambitions ?

Bien sûr que non. Avait-il sacrifié une quelconque envie de *faire* ou de *vivre* quelque chose sous peine de la heurter ?

Non, encore que ses seuls sacrifices fussent de laisser à Lola des moments de répit, pour se retrouver.

Après une brève réflexion, Lola tendit son téléphone à Victor.

- Je voudrais t'offrir ce cadeau.
- Mais ça va pas. Raccroche ce téléphone.
- Allo ?, avait fait la voix de Sylvie.
- ...
- Allo ??
- Vas-y, l'implorait Lola.
- Allo ???

Mais Victor était incapable de parler.

- Victor voulait juste te dire que tu étais une vieille... *pie*.

Et elle raccrocha.

54

À 21 heures, Lola débrancha sans sourciller chacune des installations électriques de l'appartement.

55

Dans un ultime regain d'énergie, Victor se posta à la fenêtre.
Il avait suivi assidûment la météo, mais il guettait.
« Et la foudre ? » s'écria-t-il, paniqué.
Lola était revenue en courant pour fermer la fenêtre et le rallonger.
Il était 22 heures.

56

À 23 heures, Lola déboucha une bouteille de champagne. Ils s'apprêtaient à trinquer, mais trinquer à quoi ? Victor recula sa coupe et s'adressa à Lola.

- Veux-tu m'épouser ?
- Mais ça ne va pas ?
- Je veux être le premier à qui tu diras *oui*.
- ...
- Alors ?
- Oui.

57

Si, au cours de sa vie, le cœur d'un individu de quatre-vingts ans a battu, en moyenne, trois milliards de fois, Victor et Lola affichaient à eux seuls deux millénaires de palpitations au compteur.

58

Il était 23 heures 59 minutes et 57 secondes quand il eut à peine le temps de lui demander : « Et là, tu m'aimes ? »

59

Qu'ils entendirent leurs téléphones sonner.

60

À la seconde près où la soirée bascula de 23 heures 59 à l'heure zéro, un bruit démesuré vint briser le silence.

61

– Je te dis de te la boucler une bonne fois pour toutes !

– Si tu crois que je vais m'arrêter là, hurlait une femme qui, de la cour d'en face, jetait simultanément un sac de linge par la fenêtre.

– Si tu crois que j'en ai quelque chose à *foutre*, lui avait répondu l'homme, qui en avait visiblement quelque chose à faire.

Un grand vase avait été jeté contre le sol, qui s'était explosé.

– Bravo. Défonce tous les cadeaux de ma mère. T'es pas près de la revoir, t'en fais pas.

– Comme c'est dommage...

De la porcelaine avait maintenant touché le sol.

– T'as raison. C'est vrai qu'y a que le fric qui t'intéresse. T'en fais pas, je t'en filerai autant que tu veux pour ne plus t'avoir sous les yeux.

– Oh oui mon chéri, régale-moi comme ton ex-femme...

– Pauvre fille...

– D'ailleurs, ça fait tellement longtemps qu'on n'en a pas parlé... Comment elle va depuis hier ?!

Et la femme jetait maintenant les verres, les assiettes et les bols et bientôt chaque accessoire de sa vaisselle, pourvu que se réveille l'intégralité des habitants du quartier.

« Va te faire soigner. »

Un bruit tonitruant s'était fait entendre depuis la fenêtre de leur salon, semblable à une table retournée (fracassée). C'était du moins ce dont pouvaient témoigner Victor et Lola, accoudés contre le rebord de la fenêtre.

– Mais laissons Aline où elle est et concentrons-nous plutôt sur Laurie ! Quand on a baisé tout son open-space, mieux vaut venir taper dans les copines !

– Lâche ce sac.

– Sinon *quoi* ?

Et la femme s'était mise à lacérer le sac de cuir de haut en bas, si bien que l'homme avait repris ses hurlements de plus belle.

« Espère de connard », cria-t-elle si fort que ces deux consonnes résonnent encore.

Puis elle claqua la porte et l'on n'entendit plus jamais parler d'elle.

62

Il était minuit zéro une quand Victor posa sa bouche contre la bouche de Lola.

Par-delà l'instant ou l'éternité, leur vérité se logeait à présent dans le fruit de ce baiser.

Épilogue

1

Anne Majon n'avait pas eu la vie facile.

Bien sûr, elle avait fréquenté des établissements scolaires à la réputation convenable. Son père et sa mère avaient travaillé dur pour qu'elle quitte son Jura natal et rejoigne la capitale. À Paris, elle n'avait pas intégré l'université la plus prestigieuse, mais l'enseignement qu'elle y reçut fut respectable. Tout le problème d'Anne Majon résidait dans son curriculum vitae. Elle avait les ambitions d'un attaquant quand ses aptitudes la maintenaient sur le banc de touche. Il y a des gens qui restent remplaçants toute leur vie.

2

Elle était serveuse dans un restaurant chinois (elle rêvait Joël Robuchon). Elle avait fantasmé la vie en centre-ville (elle vivait seule à cinquante-neuf minutes porte à porte de chez Meng). Sa vie sentimentale était une chasse à l'homme permanente (à son âge, elle s'était imaginée mariée et mère de trois enfants). Pour couronner le tout, elle raffolait de fromage, de féculents, d'à peu près tout ce qui était constitué de blé, d'épeautre, d'avoine, de seigle et d'orge, et on venait de la diagnostiquer allergique au gluten (avec ce que cela comportait de complications sociales car l'allergie au gluten est une allergie à incidence sociale proportionnelle).

Elle s'était crue un moment au creux de la vague. Elle s'était bien mise à fréquenter un cours de yoga en périphérie de la ville, mais elle avait fini par se faire un claquage après une posture trop élaborée. La chronologie d'Anne Majon ne connaissait pas de justice. Son existence entière était une salutation au soleil frustrée.

3

Elle avait vu se bâtir sous ses yeux l'hégémonie de la *TimeWise* avec une franche délectation. La puissance d'une machine à pousser une histoire dans la déliquescence la fascinait. Elle en était d'autant plus satisfaite qu'elle fréquentait un homme depuis quelques semaines et qu'il semblait bien l'aimer. Partout autour d'elle, des femmes et des hommes qui lui avaient jeté leur bonheur au visage se quittaient sous le glas d'une prophétie numérique. Et ainsi le malheur des uns devenait la justice des autres.

4

Le coup de grâce se produisit de façon tout à fait inattendue ; quoique la vie d'Anne Majon fût une perpétuelle partie de cartes perdue.

Elle avait soudainement trouvé son compagnon particulièrement renfermé. Mais cela devait être normal, pensa-t-elle. Elle avait tant de silences amoureux à rattraper.

Après deux jours de mutisme, elle lui demanda tout de même si *quelque chose* s'était produit. Son compagnon mit dix minutes à extirper les mots de sa bouche mais il réussit éventuellement à lui avouer la vérité.

Il avait rencontré une autre femme.

Ne pouvant faire son choix, il avait fini par commander deux *TimeWise* pour s'en remettre au « score » le plus encourageant.

L'autre femme avait été désignée, et ce fut tout.

5

Il est dit qu'il suffit de huit minutes et vingt secondes au soleil pour que sa lumière touche la Terre. Trois secondes pour qu'une connexion téléphonique s'établisse. Entre huit à treize minutes pour que les pâtes que vous venez d'immerger dans l'eau bouillante parviennent à la souplesse du bon vouloir de votre palais. Dans le stock du dépôt des colis-relais, il n'avait pas fallu plus de dix minutes après que la porte se fut refermée pour qu'Anne Majon n'inversât les étiquettes nominatives de l'intégralité des colis estampillés « TimeWise Company » du quartier. C'était sa vengeance contre cette machine qui l'avait anéantie.

6

Pourtant, le malheur des autres n'avait pas réconforté Anne. Au contraire, elle fut rapidement rattrapée par la culpabilité. Le sentiment d'avoir violé le bonheur de personnes qui ne lui avaient fait aucun mal lui devint insupportable beaucoup plus rapidement qu'elle ne l'avait imaginé. Après son service, elle était passée devant l'immeuble de Victor et Lola, entendant un couple se déchirer. L'impression d'avoir été à l'origine de cette débâcle l'avait écrasée. Elle courut chez Meng pour coucher ses remords sur du papier. Puis, elle déposa une lettre d'excuses polycopiée dans les cinquante-six boîtes aux lettres de l'immeuble de Victor et Lola, avec autant d'efficacité qu'elle avait servi toute sa vie des clients qui ne l'avaient jamais regardée : vite, et la tête baissée.

7

Après avoir terminé la tournée de ses excuses, Anne Majon notifia son patron de sa démission. Elle rentrait chez elle. Elle venait de s'asseoir dans le bus 567 *via* Bourg-en-Bresse lorsqu'un couple, rentrant chez lui tardivement, s'était enquis de l'enveloppe blanche au fond de sa boîte aux lettres. Mais elle était déjà loin.

8

Cinq heures plus tard, chaque habitant de l'immeuble fut prié de se présenter dans la cour à neuf heures tapantes du matin, Cartes en main.

9

Victor et Lola n'avaient pas dormi de la nuit. Ils étaient restés en état de sidération totale, transpirant excessivement, luttant contre leurs palpitations cardiaques. Et le message que venait de leur envoyer la copropriété souffla plus encore sur les vestiges du choc passé.

Stupéfiés, ils continuèrent d'attraper cous, tailles, bras, et genoux, compulsivement.

Un toc amoureux qui les poursuivrait longtemps.

10

Dans la cour, une dizaine de couples s'était rassemblée. La responsable du syndicat des copropriétaires de l'immeuble, Brigitte Doidy, salua chacun et chacune et monta sur un tabouret, puisque la masse des cœurs présents se mouvait tel un essaim de poissons dans un courant.

- Tout d'abord, merci à tous d'être venus. Comme vous l'aurez remarqué, il manque quelques personnes...

- Pfff..., souffla une femme dans l'assemblée.

- C'est vraiment dégueulasse, dit son compagnon.

- On va pas le leur voler, leur *couple*, avait ruminé une femme seule.

- Comme vous l'aurez compris, reprit Brigitte, il semble que nous ayons été beaucoup dans cet immeuble à avoir reçu la mauvaise... La *mauvaise*...

- Ça va, Brigitte ?, avaient demandé le couple le plus ancien du bâtiment, Tiphaine et Éric.

- Oui, oui..., j'ai... juste une crampe..., s'excusa-t-elle une main sur le cœur. Bref, pour que les choses puissent se dérouler sereinement, j'ai accroché dans l'entrée une feuille avec le nom de tous les locataires de l'immeuble. Vous serez priés d'y inscrire le matricule de votre Carte.

- De notre *vraie* Carte ?, avait demandé Gemme et Michel, car ils n'avaient toujours rien compris à cette histoire.

- Non, répondit Brigitte. La Carte que vous détenez *actuellement*. Nous avons notifié la société *TimeWise* de notre... problème. Vous recevrez par e-mail votre matricule originel. Il suffira de consulter la feuille dans la journée pour savoir qui détient la Carte que vous auriez dû recevoir à l'origine, et de la récupérer chez le voisin qui l'a reçue.

- Et si on s'y opposait ?, avait dit un couple récent dont la jeunesse avait sauvegardé une part de rébellion.

- Vous recevriez une lettre de mise en demeure de la copropriété.

- Vous plaisantez ?

- Vous n'avez pas le droit de refuser de rendre sa Carte à son propriétaire. En revanche, vous êtes libres de ne pas aller chercher la vôtre.

- ...

- Est-ce que quelqu'un a des questions ?, conclut Brigitte, et elle se gratta de nouveau à gauche de la poitrine.

11

L'après-midi, différents échos résonnèrent parmi les parties communes : « Tu as vu le couple à notre droite ? » ; « Franchement, je leur donne pas cinq minutes » ; « Ils avaient l'air dégoûté d'être là » ; « Je suis sûr qu'on a leur Carte » ; « Je les entends tout le temps s'engueuler, faut arrêter », etc.

- Mais qu'est-ce qu'ils fabriquent ?, avait demandé Victor, énervé.
- Ils descendent chercher leurs Cartes...
- Et pourquoi on n'a rien reçu, nous ?
- On l'a reçu.
- Quoi ?!
- On a reçu notre numéro.
- Mais pourquoi tu ne l'as pas dit ?!
- J'attendais que tu te calmes.
- Je suis très calme, avait répondu Victor.
- Et ça, c'est calme, ça ?

Lola mit sa main autour de la cuisse de Victor afin qu'il arrête de battre du pied.

- Alors..., supplia-t-il, et il s'approcha de Lola pour lui caresser la joue.

– Je ne veux pas de scène.
– Oui.
– Je veux que l'on reste zen.
– Promis.
– F200630090806
– Ça fait beaucoup de zéros, non…
– Je ne suis plus sûre de vouloir y aller, avait dit Lola.
– …
– Après tout, ils ne sont pas venus nous chercher, eux.
– Eux ?
– Le couple dont on a la Carte…
– Et alors ?
– Et alors ils auraient pu vouloir vérifier. Espérer que la rupture ne soit pas définitive…
– Peut-être qu'ils n'en ont pas eu le temps…
– Ou alors ils ont déménagé…, dit Lola qui ne l'écoutait plus.
– En un jour ?
– Je pense que c'est un signe, dit-elle.
– Mais de quel signe tu parles ?
– Je dis juste qu'on n'est pas *obligés* de savoir…
– Si tu crois que je vais laisser la durée de *mon* histoire entre les mains d'inconnus, avait dit Victor. C'est vraiment mal me connaître.

12

Devant la porte du foyer en possession de la Carte matriculée F200630090806, Victor et Lola s'arrêtèrent.
- Tu tends la Carte et tu dis bonjour, avait dit Lola.
- Je sais.
- Et c'est tout.
- Je te signale que pour nous aussi, c'est pas confortable.
- Je veux juste que ce moment dure le moins longtemps possible.
Victor frappa à la porte.
Semblable à une loi physique dont les propriétés lui furent propres, l'occupant de l'appartement se leva dès que le premier coup fut frappé.
- Bonjour..., avait dit l'homme, mais cela lui avait demandé un effort considérable.
- Nous venons pour...
- Oui, je sais...
L'homme fit un mouvement de recul pour mieux jauger ceux qui lui faisaient face. Il était appuyé contre le mur, laminé, les paupières abîmées d'avoir été le pare-brise d'un trop-plein de chagrin.

– Alors, c'est vous ?, reprit-il, incrédule, mais il ne prenait pas congés. Il restait debout, éberlué, dans son entrée. Sidéré d'échanger sa vie avec ce petit couple qu'il avait maintes fois croisé dans la cage d'escalier.

– Voici votre..., dit Lola pour couper court, en lui tendant son paquet.

Mais l'homme n'avait toujours pas bougé.

– On... peut avoir... ? avait demandé Victor.

L'homme longea le mur, ou peut-être était-ce le mur qui l'avait longé, et il attrapa la boîte d'origine dans laquelle il avait rangé la Carte de Victor et de Lola.

– Bon courage..., dit-il, puis il ferma la porte.

13

– Bon courage ? avait dit Victor.
– Ne commence pas...
– Ça veut dire quoi, bon courage ? Pourquoi est-ce qu'il veut nous encourager ? On n'encourage pas les gens heureux.
– Tu m'as fait une promesse.
– En plus, il avait l'air tellement...
– Il vient de se faire larguer.
– Je dis juste qu'il avait l'air assez... *content* de lui.
– Il ne tenait même pas debout !
– Il avait un petit sourire en coin, là... Tu ne l'as pas vu ?
– Non...
– En allant chercher la boîte...
– Tu... tu trouves ?

14

Cette petite mélodie s'était installée dans le cerveau de Lola, pile entre le lobe frontal et pariétal, c'est-à-dire juste à la frontière qui sépare la réflexion de la douleur, et les remarques de Victor s'insinuèrent plus profondément encore.

La joie qu'avait été la leur lorsqu'ils avaient compris qu'ils resteraient ensemble avait dépassé leur entendement. Mais la possibilité de retomber dans la stupeur des semaines passées tournait, chez l'un comme chez l'autre, à l'ordre de l'obsession.

Victor lui avait juré qu'il ne regarderait pas la durée véritable de leur histoire d'amour. Cependant, elle n'était maintenant plus tout à fait certaine de ne pas craquer elle-même.

15

Une semaine plus tard, ils étaient allés dîner chez Meng. Non pas qu'ils aient eu quelque chose à fêter de particulier - chaque jour nouveau incarnait pour ainsi dire une kermesse inédite de leur amour - mais ils avaient voulu s'éloigner de leur immeuble.

Depuis peu, ses couloirs étaient devenus infréquentables.

- Et ce voyage ?, avait demandé Meng à leur arrivée.

- On n'est pas partis...

- Alors tant mieux..., avait souri Meng. C'est pour moi aujourd'hui.

- Et en quel honneur, Monsieur Meng ?

- C'est notre cadeau de départ.

- Vous fermez ?!

- Dans quelques jours.

- Mais pourquoi ?

- On marche mieux à emporter...

- Mais c'est terrible...

- Puis, on ne voit plus personne du quartier. Plus personne ne vient pour dîner...

- Ah, bon..., firent Lola et Victor, mais ils n'étaient pas étonnés. Ils étaient à vrai dire les derniers à ne pas l'avoir boycotté en souvenir du drame dernier.

- Et qu'allez-vous faire de tout ça ?, avait demandé Victor en désignant les sièges en bois, les cadres au mur, les lanternes, les décorations murales, les éventails, et tout ce qui constituait la décoration de Meng, c'est-à-dire l'ensemble du périmètre de la Chine traditionnelle dans un soixante-douze mètres carrés.

- On va donner...

- Même ça ?!, s'était exclamée Lola, désignant l'aquarium qui avait fait leur célébrité.

- Ça, jamais, répondit Meng comme s'il avait fallu défendre honneur et propriété. C'est la seule chose qu'on garde. C'est pour la prospérité.

16

Au sortir du restaurant, Victor et Lola le remercièrent chaleureusement. Ils ne s'étaient pas résolus à lui dire au revoir. Victor et Lola avaient développé une inhabilité de l'adieu contre laquelle ils ne pouvaient lutter.

- On pourrait déménager, nous aussi...
- Tu quitterais *ton* appartement ?, avait demandé Lola.
- J'y pense depuis un moment... Ce serait bien qu'on passe à autre chose... Non ?
- Qu'est-ce que tu as dans la poche ?, avait-elle dit après avoir glissé sa main dans la veste de Victor pour s'épargner du froid.
- Rien...
- Tu te fous de moi ?

Et elle s'était arrêtée en plein milieu du trottoir, leur Carte au bout des doigts.

- Ça m'angoisse de la laisser à la maison ! Écoute !
- On avait convenu de la laisser là où elle était.
- J'ai pas envie qu'elle traîne. Je préfère... surveiller.
- Qu'est-ce que tu veux surveiller ?
- ...
- C'est moi que tu veux surveiller ?

Mais Lola devait bien admettre que, depuis que cette cohabitation avait débuté, elle avait eu des comportements suspects.

Elle avait maintes fois approché ce meuble où ils l'avaient rangée, elle avait maintes fois regardé ce boîtier, maintes fois elle avait prétendu rechercher des effets personnels inconnus de Victor, et qu'il avait, par amour, prétendu lui connaître. Mais la situation ne s'était pas arrangée.

- Toujours est-il que je ne pense pas que ce soit à toi de la garder, reprit Lola.

- Parce que tu la veux toi ?

- Ça va pas ?

- Alors, on fait quoi ?

17

– Vous avez oublié quelque chose ?, avait demandé Meng alors qu'ils revenaient sur leurs pas.

– Non... On... voulait juste... réserver ce... cadre... là, avait dit Victor baladant Meng dans son restaurant. Voilà... Celui-là...

– Ça ?, avait dit Meng, avant de partir chercher un escabeau pour le décrocher.

18

Victor s'était retourné vers le bac en verre dans lequel la main de Lola venait de plonger. Dans l'aquarium, leur Carte avait lentement dégringolé, parcourant les cent trente-cinq centimètres d'eau douce avec la légèreté d'une enclume au poids plume ; se fondant dans le fond du bac. S'enveloppant dans la mousse de Java pour les cinquante années à venir.

19

À la seconde où Victor reposa ses yeux sur Lola - en réalité il s'agissait d'une milliseconde : d'une virgule six, virgule six, virgule six, virgule six, virgule sept e-cinq de minutes - une vérité absolue avait fait abstraction de tous les décomptes de la planète sur laquelle il avait les pieds posés.

Pour une fois dans leur vie, ils resteraient à l'heure.

La couverture de *Le syndrome des cœurs brisés* a été imprimée
sur une carte Rives Sensation tactile Gloss
avec un marquage à chaud coloré n° BL23.
Les polices utilisées sont la Domaine Display
et la NewParis Headline.
L'ouvrage, composé en Romain BP,
est imprimé sur papier Aura.

Achevé d'imprimer en France
par CPI Firmin Didot
en janvier 2021
N° d'impression : 161959